もくじ

装画　露草
題字　明石あおい

プロローグ

「やばっ。風、つよっ！」

海に面した真っ暗な山道に、青年の声が響き渡る。辺りはうっそうとした樹々に囲まれており、ほかに人の姿はない。夜の海風は、春の訪れを裏切るように肌寒い。重たい天体グッズをリュックに詰め込んでいるため、身体に強く吹きつける風にあらがうには、いや応なしに前かがみになってしまう。それでもひるむことなく上へ上へと登り続けた。そこには、彼が長年大切にしてきた一つの想いが存在する。

鹿児島の離島、種子島。細長い形が特徴的で、延々と続く長いビーチは、年間を通してサーファーたちのメッカにもなっている。

彼は、この島で生まれ育った。父親を早くに亡くし、母親の手によって大切に育てられた。一人ぼっちで過ごすことが多かったが、大きくなるにつれ、頭上に広がる夜空に興味を持つようになった。いったいどのくらいの時間を使えば、あの星にたどり着けるのだろう。

種子島は、日本屈指の宇宙研究機関ＪＡＸＡがあることでも有名だ。彼の天体好きにそれが影響していることは言うまでもない。地元で定期的に打ち上げられるロケットを間近で見るたびに、宇宙への想いを強めていった。

小学五年生の時、母親にねだって望遠鏡を買ってもらった。高額なものではなかったが、それでもセミプロ仕様の望遠鏡は、十分過ぎるほどの冒険道具だった。そして、毎晩のように天体観測に出かけるようになる。小六までは母親につきそってもらったが、中学生以降は、一人で行くことが日常となった。

高校三年の今、彼にとって宇宙は、遠いようで一番身近な存在だ。

家から歩いて一時間弱。小高い山の上にたどり着いた。眼下には切り立つ崖とともに、見渡す限り延々と海が広がっている。荒々しく崖に打ちつける波の音がまるで交響曲のように伝わってくる。

腰のベルトの赤色ＬＥＤ懐中電灯を頼りに、慎重にリュックから観測道具を取り出した。青色の断熱マット、迷彩色の折り畳み式チェア、星座アプリ入りタブレット、そして、長年愛用している望遠鏡……。観測の準備をしていると、次第に風が柔らかくなってきた。

望遠鏡は、焦点距離が九百ミリ、口径比が一対十二・九。肉眼の約百倍は見える。シングルマザーである母親にとって、この買い物は奮発したものだった。母親は日ごろから、父親のいない息子に対して寂しい思いをさせまいと、人一倍愛情を注いでいた。望遠鏡もその一つの表れだったが、思春期に入った彼にとって、母親のその思いは少しずつ重荷になっていた。

今の季節は、北斗七星と北極星がはっきり見える。裸眼で大まかな位置を確認した後に、望遠鏡のファインダーを調節して、北の方に鏡筒を動かすと、柄杓の形をした星座が見える。接眼レンズに目を近づけて観測すると、まばゆい星が姿を見せた。口をあんぐりと開けたまま、独り占めできる宇宙の美しさに魅了された。

北斗七星がおおぐま座の一部だと教わったのは、小四の時。天体には無数の星があり、宇宙は広がり続けていることを知った。この地球上にも、学校では教わっていないたくさんの生命《いのち》が存在しているのではないか。そんな視点を持っていた彼は、小学校のころは変わり者に映り、周りの子どもたちから敬遠されていた。

しかし、彼は、周囲の視線や風当たりを気にすることなく宇宙の神秘に没頭し、毎日図書館に通いつめては天体図鑑を読み漁っていた。歳を重ねるにつれ、もっと宇宙に近づきたい、宇宙のことをより深く研究したい、そう考えるようになっていった。

気づくと三時間が経っていた。母親との約束で深夜零時までには家に帰るように言われていたが、すでに午後十一時を少し回っている。このままだと門限に遅れてしまう。慌てて観測道具をリュックに押し込んで帰路に向かった。

途中将来のことを考えた。――宇宙のことを専門に学べる学校に進学したい。そのためにこれからは受験勉強に専念しなければならない。あと一年経てばようやく自由の身になれる。そして、宇宙飛行士になる夢を叶えるんだ。

しばらく収まっていた風が突然強く吹きすさんだ。

夜は空がとても澄んでいて、うしかい座としし座の間にあるかみのけ座がよく見えた。時計の針を見返すたびに、母親の顔が脳裏をよぎる。門限を過ぎて帰宅すると、きまって機嫌が悪く、翌日の天体観測に支障がでる恐れがある。歩幅を大きく取って速度を上げ、ひたすら下山することに集中した。

長かった林道を抜けると、眼下に自宅の明かりが見える。山道を抜けて集落と山との境目にある車道にたどり着くと、ここから家まで残り五分。時間が気になり何度も腕時計を見返した。

——あと三分。このままならギリギリ間に合うだろう。

スパートした。その時突然、右前方からまばゆい光が覆い包んだ。

思わず光の方に顔を向ける。

「えっ⁉」

けたたましいクラクションの音が響き渡る。その直後に鈍い衝突音が辺り一面に広がった。

叫び声とともにけたたましいクラクションの音が空間を占拠し、時間が瞬時にして凍りついた。

青年は道路に物体のように横たわっていた。

近くに転がった懐中電灯は、その無残な光景を延々と照らし続けていた。

1

見渡すと、鹿児島市内の街並みが広がり、背景には桜島がそびえ立っている。この絶景の中にある坂道が小学校時代の私の通学路だ。坂道を休憩なしに上るのは少しきつかったけれど、慣れ親しんだこの風景が大好きで、いつも鼻歌交じりで駆け上った。

五分ほど道を上ると、焼酎メーカーの大きな看板が見えてくる。その十字路を左に曲がると、威勢のいい太鼓の音が少しずつ大きくなってくる。

鹿児島は、西郷隆盛や桜島、鉄砲やキリスト教伝来など、文化や伝統にあふれている土地。市内から桜島を臨むことができ、街並みと自然が一体化している。そして、近くには錦江湾といわれる湾があり、そこからさまざまな島に行くことができる。鹿児島が抱える島の数は長崎に次いで全国第二位。そんな魅力ある場所で厄介なのは、桜島から降り注ぐ灰だ。こっちでは灰を「へ」と言うけれど、そのへが断続的に降り注ぎ、洗濯物がしょっちゅう汚れるのだ。

私の家は木造一軒家。おばあちゃんとお母さんと私の三人暮らしだ。お父さんは四年前にこの家を突然出ていった。お母さんに理由を尋ねても、「大人の問題に子どもが首を突っ込まないの」ときまって怒られた。そんなとき、おばあちゃんは後ろからそっと抱きしめてくれた。

玄関を開けると、一階は大広間へとつながっている。おばあちゃんはこの大広間で太鼓の団員たちと連日稽古に明け暮れていた。「おごじょ太鼓」といって、女性だけの太鼓の演奏団体だ。秋口に行われる「おはら祭」という、鹿児島では有名なお祭りがあって、そこでの演奏がこの団体の一大イベントになっていた。

お母さんはたいてい帰宅が遅く、私が学校から帰ってきても家にいることはめったにない。大学で難しい研究をしていて、休みの日ですら家にいることはほとんどなかった。私は朝から夜までおばあちゃんにぴったりと寄り添って生活していた。

二階へと続く階段を駆け上がり、自分の部屋にランドセルを放り投げると、そのまま勢いよくきびすを返し、稽古場の襖を開ける。

「ただいま！」

「待ってたよ！　史織ちゃん！」

稽古場ではおばあちゃんと団員たちが、上はTシャツ、下はもんぺのようなズボンを履いて練習をしている。私は、神棚の近くの荷物棚に向かい、自分専用の小さなバチを握りしめる。団体で唯一の子どもだった私は、いつもみんなの真ん中に入れてもらった。

「そいやー、さー！」

小気味良いリズムに合わせて、大人に負けるものかと全力で声を上げる。稽古場に漂う空気の振動が、まるで海岸に打ちつける波のようだ。それが心臓の鼓動と一体となる感覚がなんともいえず爽快だった。稽古場は次第に熱気に包まれ、銭湯にいるような気分になる。この空間の独特の匂いが大好きで、一日で一番幸せな時間だった。

神棚の真向かいに掛けられている時計が午後五時を示すと、稽古の時間は終わりを告げる。真剣だったみんなの表情が一斉に緩んでいき、和やかな雰囲気に包まれる。

「お祭りまであと二カ月になったね。こいから、稽古は本番に近いもんになるよ。明日もよろしくお願いしますね」

おばあちゃんがそう言うと、団員たちはめいめい着替えをして、帰り支度をした。

「史織ちゃん、今日も元気だったね、良かったよ」

団員のオバちゃんたちはきまって私を褒めてくれた。

「そいじゃあ、菊江さん、また明日ね」

おばあちゃんの名前は上之園《うえのその》菊江。このへんでは知らない人がいない。太鼓演奏の第一人者だ。私はいつも団員のみんなから、マスコットのように可愛がられていた。街を歩いていると、「史織ちゃん、何かごちそうしてあげようか?」、「欲しいものがあったら教えてね」とちやほやされた。一緒に歩いている友達から、「史織は有名人なんだね」としょっちゅう突つかれた。そんなときちょっとだけ誇らしい気分になった。

稽古場から誰もいなくなると、おばあちゃんの顔は、団長から家族の表情へとすぐさま切り替わる。

「さぁ、しーちゃん。お夕飯の支度をしましょうかね」

ちゃぶ台には、二人分の夕飯が並んでいた。ご飯とお味噌汁、おかずにはキビナゴ、さつま揚げ——鹿児島弁だとつけ揚げ、そして、サツマイモやにんじんを揚げたガネといわれる天ぷらがよく出された。おばあちゃんのつけ揚げはほんのり甘くてもちもちしていて大好物だった。

「しーちゃんは、来年は中学生ね？」

「うん！」

「しーちゃんは、将来何になりたいの？」

「おばあちゃんみたいに太鼓をたたく人になりたい」

「そーう。そいは嬉しか。太鼓はね、人の心をつなぐ力があるんだよ」

おばあちゃんはほほ笑んだ。

学校でも将来の夢について、先生から尋ねられたことがある。周りの子たちは、お医者さんとか、ケーキ屋さん、サッカー選手と答えた。それ以外では、私が「太鼓奏者」、もう一人男の子が「農業」と答えた。

私にとって太鼓は、なくてはならないものだ。勉強も嫌いではないけれど、いつまでも太鼓を演奏していたい。中学に入ったら、絶対に演奏の部活に入って、和太鼓をたたくんだ。

夕飯を済ませ、食器を片づけ、宿題をやるために二階に上がろうとすると、玄関が開く音がした。それに続く、帰宅を告げるお母さんの声——ひどく疲れている。めったにない出来事に少し戸惑った。

「お母さん、お帰り」

「ただいま。ちゃんと宿題は終わってる？」

「これからー」

「もーう、また太鼓してたの？」

お母さんは、眉間に深く皺を寄せた。

「母さん、太鼓は週に一度だけ、土曜日って決めてるじゃない」

ため息交じりで、お母さんはおばあちゃんにそう言った。

おばあちゃんは、表情を変えることなくその言葉を聞き流し、「今日はやけに早いね。夕飯は？　残りもんでもいいいね？」と、お母さんに話しかけた。

「うん。それよりも大事な話が……」

お母さんは小声でそう言い、私の方をチラッと見た。

「史織は、二階で宿題やってなさいね」と、少しきつい目つきをした。

お母さんは、台所に行こうとしたおばあちゃんを大広間に引っ張っていき、そのまま襖をきつく閉めた。襖の奥から、「突然、どうしたのね」とおばあちゃんの声が聞こえてきた。何か聞いてはいけない大事な話なんだろうと思い、すぐに二階に上がった。

自分の部屋で宿題を広げながら、いろんなことが頭をよぎった。お父さんが家を出ていったのはお母さんと仲が悪かったから？　じゃあ、なんで二人は結婚したんだろう？

お父さんも仕事が忙しいと言って家にほとんどいなかった。大人ってきっと、仕事や夫婦関係でいろんな問題を抱えてるんだろうな。

六年生の二学期、授業参観のとき、私の家だけは予想通りおばあちゃんがやってきた。先生は後ろに並んでいる親たちに向かって「親御さんたちもよかったら、子どもたちの近くに行って、勉強を見守ってあげてください」とほほ笑んだ。先生は私のほうを気にかけて、「史織ちゃんのおばあさまもぜひ」と口調を変えた。そんな先生の気遣いに、どこか寂しさを感じずにはいられなかった。

当時、まだお母さんのことを心底嫌いではなかったものの、なぜか時々、実は赤の他人ではないかと思った。仕事が休みの日も家にほとんどいないし、料理だっていつもおばあちゃん。久しくお母さんの手料理を食べたことがなかった。そんなことを考えるたび、私はおばあちゃんに尋ねた。

「お母さんって、私の本当のお母さんじゃないのかな」

そうと聞くと必ず、

「何言ってるの。お母さんがしーちゃんを産むところを、おばあちゃんはちゃんとそばで見てたんだよ」と答えた。

翌朝、いつも一緒に食べないお母さんがなぜか食卓にいた。私が朝食をとるころには仕事に出かけていたのだ。

「おはよう、史織」

「あれ、どうしたの?」

寝ぼけ眼をこすりながらお母さんに尋ねた。

「こんなタイミングで言うのも悩んだんだけど、時間がないから許してね。史織はお母さんと一緒に東京に引っ越しします」

「え？」

寝ぼけていて、お母さんの言葉をすぐには理解できなかった。

「お引っ越し？　おばあちゃんは？」

「おばあちゃんは鹿児島に残ります」

すぐにおばあちゃんのほうを見たが、表情は暗かった。

「おばあちゃん、本当なの？　寂しいよ。史織、ここがいいんだもん」

「史織、これからのことはまたお話しましょう。母さん、もう行くから史織をよろしくね」

そう言うと、お母さんは急いで家を飛び出して行った。残されたおばあちゃんはずっと黙ったままだ。お母さんの話が信じられず、自然と涙があふれた。

「おばあちゃん、さっきのこと、嘘だよね」

「しーちゃん、せつなかねぇ」

おばあちゃんは、言葉少なにそう言うと、

「朝ごはんを食べよう。遅刻するよ」

と、私の涙を前掛けで拭ってくれた。

2

――ここは、どこだ。真っ暗で何も見えない。

自分が今どこにいるのか、青年にはまったくわからなかった。体が異常に重く、言葉にできないほど居心地が悪い。目を開けようとするが意思がかき消される。かろうじて息はできるが、今までに感じたことのない窮屈な感覚。無論、口は開かない。

夢なのか現実なのか区別がつかない錯乱状態のまま、意識が再び遠のいていった。

✦

桜の時期も終わり、街道の新緑がまぶしく輝いている。せわしなく行き交うスーツ姿の大人たちの間をすり抜けながら、街路樹と同じ色彩で彩られた電車に乗り込む。

東京に来て四年半が経ち、私は高校二年生になった。こっちに越してきた理由は、母の聡美さんが師事していた東京の稲門大学の教授が急に亡くなり、その後釜として聡美さんが呼ばれたからだった。小学六年生の秋のことだ。仲の良かった同級生との卒業式を心待ちにしていた私にとって、それはとても悲しい出来事だった。おばあちゃんと二人暮らしがいいと泣きついたが、聡美さんは、私と一緒に居ないのはありえないと、私の想いをかたくなに退けた。鹿児島の家を離れる時、おばあちゃん子だった私は涙が止まらなかった。

ちなみに、私は母のことを「聡美さん」と呼んでいる。聡美さんは自分のことをお母さんと呼んでいるが、彼女をお母さんと呼ぶことがいつしかなくなっていた。

聡美さんは相変わらず研究に没頭している。彼女の専門は今話題の人工知能、すなわちＡＩだ。ＡＩが生活に急速に普及する中で、ＡＩの日常との関わりを解説する有識者としてメディアで引っ張りだこになっている。そして、鹿児島での暮らしと変わらず、私と聡美さんが顔を合わせるのは一週間でほんの一時間程度だった。

通学途中、渋谷駅まであと数駅のところで、乗り換えの乗客が勢いよく押し寄せてくる。すし詰め状態での通学にはうんざりで、昔のようにのどかな風景を見ながら学校に通いたいといつも思った。女子高生というだけで満員電車では何度も嫌な体験をさせられ、理不尽さを感じずにはいられない。車内ではスマホも見られない状態の中、渋谷駅に着き、酸欠状態からようやく解放される。この生活は果たしていつまで続くのだろう。考えるだけで頭が痛くなった。

駅から徒歩十五分、青山方面に向かったところに私の通う渋沢高校がある。男女共学、一学年百名ちょっと、学力でいうと中堅校。聡美さんからはもっと偏差値の高い学校に行きなさいと言われたけれど、私はこの学校の周辺の緑の多さを気に入った。聡美さんに連れられて下見した他の学校は、ビル街や住宅街の中にあって、どこか無機質な印象だった。

学校は、校庭と体育館を挟んでL字型の建物が三つ並んでいる。二年生に進級して、教室も正門から二番目の建物に移った。

一階の一番奥にある二年A組の教室に入ると、行動をよくともにしている仲良し三人組が私の机の周りでたむろしてしゃべっている。この数週間で、ある傾向に気づいた。彼女たちが私の机にいるときは宿題を泣きついてくるということだ。

「おはよー、史織」

「おはよう」

「待ってたよ～」

「早く、貸して！　数Bのノート！」

予感は見事に的中した。

進級した初日から、席が近くてすぐに友達になった真珠《まこ》、多香《たか》、そして、来夢《らむ》。塾がない日は渋谷か青山のファストフード店で、一緒にお茶してから帰るようになっていた。

「もーう、しょーがないなー」

カバンから『数B』と書かれたピンクのキャンパスノートを差し出すと、三人は親鳥のくわえている餌を小鳥がついばむかのように集まり、私からノートを取り上げ、ものすごいスピードで写していく。

「少しは自分でも頑張ったらどうなの？」

「わるい、昨日テレビで『ギャラクシー』が出てたから！」

真珠はノートに向かって血眼になったまま、そう答えた。

「ギャラクシー」とは、最近話題の六人組の男子アイドルユニット。メンバーそれぞれが英語やフランス語、イタリア語が堪能で、歌詞の途中に入ってくる外国語のラップがかっこいいらしく、一気にブレイクした。私は歌とかアイドルに興味がないので、彼女たちの話題には距離を感じていた。

「ほら、授業始めるぞ！」

ジャージ姿の教師が教室に入ってきた。サッカー部の顧問をしている山中という先生だ。いつも、燃えろ、熱くなれ、が口癖だ。

山中先生が教卓に着くと、蜘蛛の子を散らすようにして、みんな一斉に席に着いた。

真珠は小声でそう言うと、ノートを私の机に置き去って、片手を掲げた。真珠は、三人の中でリーダー的な存在だ。何か行動をするとき、一番最初に口を開くのはきまって彼女だ。

「史織、ありがと！　なんとか間に合った！」

私の席は窓側の一番後ろにある。外の歩道に面していて、休み時間や放課後は生徒が窓の外を行き交う。移動教室の忘れ物があると荷物の受け渡しに便利な場所だったので、ちょくちょく受け渡しを頼まれた。

授業はつまらなかった。今通っている塾の進度が学校よりも一年近く進んでいるからだ。私は学校の宿題を授業の中で済ませていた。塾は宿題が多いので、こうしたやりくりをしないと終わらないのだ。

週に四日が塾通いで、火曜日と土日が休みだった。二学期からは日曜以外は毎日塾に行きなさいと聡美さんから言われていた。私は、聡美さんが望むような偏差値の高い大学を希望していなかった。というのも、昔から好きだった太鼓を学べる音大か専門学校に進んで、演奏を専門的に学びたいと考えていたのだ。

中学では和楽器部があったので太鼓を内緒で続けていたが、高校では太鼓の部活がなく、一年以上バチに触れる機会がなかった。近いところでいうと吹奏楽部だが、同じ楽器でも太鼓とドラムとではやっぱり性格が異なる。私は太鼓からあふれでる生命《いのち》の喜びが大好きだった。

昼休みになると教室の重たい空気から解放され、クラスメートはめいめいに心の声を撒き散らした。真珠たちは顔をげんなりさせて私の机に集まってくる。

「いや、疲れたわー」

「何言ってるの、半分以上寝てたくせに」

「だってたるいじゃん！　特に日本史のなかじーとかさ」

なかじーとは、古くからいる中嶋という名物先生。話し方のテンポがとても遅く無表情なので、クラスの半分以上が居眠りをしていた。

「じゃじゃーん、そんなあんたたちに私、クッキー作ってきたんだ！」

多香は、バッグからピンクの包装紙で包まれたクッキーを取り出してほほ笑んだ。

「なになに？　すげーじゃん！」

「実は、今度彼氏に渡すために特訓しやしたー！」

多香は敬礼のポーズをしておどけてみせた。

「激アツだね！」

「じゃあ、早速その激アツクッキー、いただき！」

「え？　昼ご飯の前に食べるの？」と私。

「どっちから食べたって一緒一緒」

真珠は笑い、一番に包みを広げてクッキーを頬張る。

「やばっ！　うまっ！」

「史織、そんなこと言ってたらなくなるよ」と来夢。

「えー、私も食べたい」

クッキーはあっという間になくなった。そして、それぞれが家から持参した弁当箱を広げた。

真珠も多香も来夢も、色とりどりの食材があしらわれた綺麗なお弁当だった。キャラ弁やタコ足ウインナー、明太子が巻かれただし巻き卵など。思わず目を奪われた。私のお昼はといえば、登校の途中で買うコンビニのサンドウィッチとお茶、そしてヨーグルトだった。

昼休みは、真珠たちの追っかけているアイドルのイベント情報や最近流行っているカフェの話、クラスメートの恋バナなど、たわいもない話で盛り上がっていた。すると、窓の外にどこかで見た面影が視界をよぎった。

――あ、雪葉？

私は思わず視線を窓外に移した。そんな私を、真珠がふと気にかけた。

「どうした、史織？」

「あ、ううん」

私は、昼休みに下校する雪葉の後ろ姿を目で追った。雪葉は、中学では三年間ずっと同じクラスで仲良しだった同級生だ。熊本出身の彼女は、鹿児島出身の私と相性が良く、休日もよく一緒に過ごした。おとなしくて控えめだが、自分が好きなものにはとことんこだわる性格で、私が誘った和楽器部で一緒に太鼓を演奏した。太鼓の魅力にすっかり魅了された雪葉は、部活の時以外でも私と一緒に太鼓をたたいた。高校も一緒がいいねと話してこの渋沢高校を選んだけれど、残念なことに一年の時に一緒になれず、二年もまた違うクラスになってしまい、次第に彼女との連絡が少なくなった。会えない時間が続くと、知らぬ間にその人のことを少しずつ忘れてしまうんだ……。そう考えると、心が細い紐で締めつけられるような感覚になった。

放課後、この日は塾がなかったので、真珠たちから新しくオープンしたカフェに一緒に行こうと誘われた。だが、今日はなんだかその気分になれず、やんわりとその誘いを断った。帰り道、先ほど見た雪葉の後ろ姿がどうしても気になってしまい、久々にＬＩＮＥで雪葉にメッセージを送ってみようと考えた。スクロールして過去に埋もれている雪葉のアカウントを探したが、最後に彼女にＬＩＮＥしたのは、今年のお正月のあけおめＬＩＮＥだった。

『久しぶりー^_^　今日早退した？　体調悪いのかなー』

渋谷駅に向かう人通りの少ない路地裏で、彼女にメッセージを送った。すぐに返信が来るかと思ったが、しばらく経っても返ってこなかった。そのままスマホをバッグにしまい、新しい参考書を買いに書店に立ち寄った。

家は最寄駅から十五分歩いたところのマンション。一階の玄関はオートロックが二重でかかっていて、Ａｍａｚｏｎからの荷物を受け取る収納ボックスが備わっている。

この最上階の八〇一号室が私の家。真っ白の真新しい壁と、ジョギングができそうなほど広いベランダ。見渡す限りの都心の景色に、最初めまいがするような感覚だったが、すぐに慣れてしまった。窓からの景色を眺めるたびこのずっとずっと先には桜島があり、大好きなおばあちゃんが暮らしている、と思い浮かべた。

リビングに入ると私を察知して、いつものようにスマートスピーカーから聡美さんの声が流れてくる。

「史織、お母さんは学会で山口にいます。机の上にプリペイドカードを置いたから、むだ遣いしないように使いなさいね。あと、もうすぐ中間試験があると思うので、頑張ってトップを目指しなさい。週末には、一度家に帰ります。それからプルル……あ、もしもし……」

会話の途中でスマホの着信音が入っていた。どうやら聡美さんはそれに出ながら、家を出ていったようだ。そんな聡美さんの声を聞き流しながら、ぶっきらぼうに置かれていたプリペイドカードを財布にしまった。それから、冷凍庫を開けてレトルト食品のカルボナーラを取り出し、お皿に置いてレンジの中に入れた。

部屋で服を着替えてリビングに戻ると、ちょうどレンジがチンと鳴った。立ち上る湯気に気をつけながらお皿を取り出し、テーブルに置いた。マグカップにコンソメスープの粉を入れてケトルでお湯を注ぎ、冷蔵庫からカット済みのサラダをお皿に添えて、今晩の夕飯が出来上がった。ソファーに腰掛けて、テレビのスイッチをつけると、清潔感のある若い男性アナウンサーが座っていた。画面には、「特集　人工知能最前線！」と書かれている。

「特集です。昨今、人工知能の話題が世間をにぎわせておりますが、その第一人者であります稲門大学教授の琴浦聡美先生に、人工知能技術の最前線のお話を伺いました」

最近は、各番組でこの手の話題が頻繁に取り上げられている。学校の授業でも人工知能の文字を見ない日はないくらいだ。そんなに人工知能って大切なものなの？　私はあまり興味がなかった。

テレビでは、例のごとく「聡美さん」登場。聡美さんがいないリビングで、テレビの中の彼女が淡々と自分の研究を語っていることが不思議でならなかった。最近ではテレビ出演も増えたため、スーツの着こなしや姿勢、話し方がいかにも注目されている大学教授という雰囲気が板についてきた。この人が自分の母親であることがにわかに信じられなかった。

「ディープラーニングをはじめとするマシンラーニングの進化、ＩｏＴ関連技術の浸透、インターネットによるビッグデータの蓄積、スマートフォンやＡＩスピーカーなどの小型高性能コンピューターの普及が進んだ結果、人工知能を利活用できる領域は世界的に、急速に広がっていきます」

最近、聡美さんはどの番組でもほとんど同じ文言を繰り返している。聡美さんの解説を聞くたびに、果たして人工知能は今の私のモヤモヤした気持ちを解決してくれるのだろうか、と考えた。

突然、ＬＩＮＥの着信音が鳴った。スマホを見ると、《新着メッセージがあります》の表示。タップすると、雪葉からのメッセージだ。先ほど送った『体調悪いのかなー』の後に続いて、『うん！　大丈夫、ありがとう！』と返信されていた。全国模試が終わったら、彼女とお茶でもしたいな、と思った。

翌日も満員電車に揺られながら学校に向かった。毎日同じ電車に乗り、同じ通学路を行き来し、同じ制服を着た生徒が学校に吸い込まれるのを見ていて、私はいったい将来どんな大人になるんだろうと考える。

気づかぬ間に高校二年生になって、間もなく大学の志望校を決めなければならない。塾の先生から「この成績なら有名大学に行けるぞ」とあおられるが興味はない。音大か音楽の専門学校に行きたいが、塾の先生にそれを伝えると「もったいない、絶対に偏差値の高い大学に行きなさい」と薦められる。私が「どうしてですか？」と尋ねると、「社会の常識だからだよ」とか「大人になって困らないためだよ」と答えが返ってくる。これ以上、先生との会話は無意味だと感じ、「わかりました」と一言だけ答えた。

他の子たちは大学選びってどうしているのかな。進学とか将来のことといった真面目な話を真珠たちとしたことが一度もなかったので、彼女たちの気持ちを聞いてみたい。

教室に入ると、男子たちがニヤついて私に近寄ってきた。

「おい、琴浦！　昨日テレビに出てたの、お前の母ちゃんだよな？」

「うん」

「すげー、有名人の子どもかよ」

「はいはい、あんたたち、シッシッ」

真珠がすかさず割り込んで、追い払ってくれた。

「いつもの宿題の借りがあるからねー。でも、あんたのママ最近本当によくテレビ出てるよね」

「真珠、ありがとう」

「今が旬な話題だからね」

「で、史織もやっぱ研究者なるんでしょ？」

「嫌だよ、私は」

「またまた！　あんなに成績が良ければ、楽勝じゃない。私は、普通の大学に行ってサークルに入って、イケメン男子に囲まれた大学生活が送れたらそれでいいんだ」

そっか。真珠にとって、大学選びってそういうものなんだ。大学って遊びに行くようなものなのかも……。だったら、大学に行く意味ってあるのかな。学校の先生も塾の先生も当たり前のように大学に行かなければ恥ずかしい、大学に行かないなんて非常識だみたいに言うけど、それって本当にそうなのかな。

学校が終わると、渋谷駅から二つ目の代々木駅で降りて、いつもと同じように近くのファストフード店で夕飯を買い、塾に向かった。

この塾には、同じ学校の同学年の生徒はいない。進学実績を出している塾だけに入塾資格が厳しく、関東全域の幅広い地域から各校のトップクラスの子たちが集まっている。学校が違うだけでもよそよそしい感じがするのに、ライバル意識が強い子たちばかりで、学校のように談笑するような雰囲気はまったくなかった。

授業は、すでに高三レベルのものを扱っている。二学期からは入試を見据えた実践的な受験対策をするようだ。塾での成績はなんとか真ん中よりも少し上だけれど、一年生の時に比べて少しずつ落ちてきていた。

このまま、流されるように有名といわれている大学を受験するんだろうか。

大学って何のために行くんだろう……。


そんなことを考えながら、ゴールデンウィークは、あっという間に過ぎ去った。

五月も中旬に差し掛かろうとしたある土曜日の放課後。いつもと同じように真珠たちと教室を出た。

「あー、よく寝た！　やっぱなかじーの授業は睡眠不足解消にバッチリだぜ」

「そんなこと言って、もうすぐ中間だけど、大丈夫なの？」

「え？　そうだっけ？　史織、助けてよ〜」

「ダメ。自分でなんとかしなさい」

「来週ノート貸して！　ね！　史織が大好きなフルーツパフェごちそうするから！」

「もーう、仕方ないなー」

真珠の甘え癖はすっかり定着してしまったようだ。そんな会話をしていると、遠くから太鼓をたたく音が聞こえてきた。この揺さぶられる響きは、絶対に太鼓の音だ。そう確信した。

「この音、太鼓だよね」

私の声を聞いて、真珠たちは、音のする方に顔を向けた。

「ああ、ほんとだ。なんか聞こえるね」

多香はキョトンとしている。

「たしかマルキュー前でやってるなんとか祭りの太鼓の団体だよ。ゴールデンウィークからうちの学校を使ってるんだって」

来夢がそう教えてくれた。

「私、ちょっと見に行っていいかな」

真珠たちが首をかしげたので、慌てて理由を伝えた。

「あ、私、実は中学まで太鼓やってたんだ」

「えー、まじ⁉」

「意外！」

多香と来夢は目を丸くした。

「いいよ、行っておいでよ。私たちは中間前の最後のデートしてくるから！」

真珠は多香と来夢と腕を組んで、校門の方に立ち去った。


体育館に着くと、入口付近から中の様子を静かにのぞいた。すると、五十代くらいの小柄で背筋がピンとした団長風の男性が、若い団員を前にして太鼓の指導をしていた。

「いいよ、いいよ、その調子！」

団長と思しき人を含んで、男女混成の六人組だった。久々に聞く太鼓の響きに思わず懐かしさがこみ上げてきて、心が震えた。やっぱり太鼓が大好きなんだ。その練習風景に無心で見入っていた。

すると、力をかけすぎたのか寄りかかっていた鉄の扉がガタッと音を立ててスライドした。団長風の男性が私に気づいてゆっくりと近づいてきた。一見すると、世間的に危ない仕事をしているかような風貌だ。私は後ずさりすることすらできなかった。

「あなた、興味あるの？」

「え？」

「太鼓！」

男性は演奏をしている団員たちのほうを指さした。

「いいえ、別に……」

「嘘おっしゃい！　あなたの目は太鼓に興味ある目だったわよ」

なんて自分勝手な言い方だろう。思わず耳を疑った。

「恥ずかしがっていないで、こっちいらっしゃい！」

男性は、私の腕を半ば強引に引っ張って、団員たちのほうに連れていった。

「ちょっとー、みんなー」

団員たちは太鼓を打つのを一斉に止めた。

「はい、自己紹介」

前振りもなく、突然そう言われて、その流れに逆らえなかった。

「あ、えっと、琴浦……琴浦史織です。二年A組です」

すると、団長風の男性は「バチを貸して」と言って団員から受け取り、私に差し出した。

「はい」

男性は、終始笑みを浮かべていた。きっとこの人は、私がこのまま太鼓をたたくとわかっているのだ。団員たちも私をじっと見つめている。久しぶりなので自信がなかったが、みんなの鋭い視線に促されて中央に置かれた太鼓にそっと近づき、ゆっくりとたたき始めた。

たたいているうちに、昔の感覚が少しずつよみがえってきた。緊張が徐々にほぐれていき、しばらく経つと、自然とバチと私の腕が一体となって勇ましい音を奏でていた。

時間にして三分程度だろうか。たたき終えて団員たちを見ると、みんなキョトンとしている。

「……史織ちゃんっていったっけ？」

「下手くそ」、「まだまだね」といったネガティブな言葉が頭をよぎる。

「あなた、お上手！」

思いがけない言葉にハッとした。

その直後、団員たちが一斉に拍手をした。

「なになに？　あなた、太鼓やってたの？」

「小さいころ、おばあちゃんに習ってて……」

「なら話が早い！　三週間後、お祭りに出てちょうだい」

何のことだかまったくわからず、呆気にとられてしまった。

「実は、二日前に団員が骨折してしまって、一人お祭りに出られなくなって困ってたのよ」

「はあ……」

「今の感じなら三週間で間に合うから、ぜひ出てちょーだい」

そんなことを言われても、来週は中間試験があるし、その後は全国模試も……と思ったが、メンバーたちの熱い視線に、どうしても断ることができなかった。というよりも実は、いま太鼓をたたいた感覚が、心の中でずっと押し殺してきた気持ちを解きほぐし、喜びでいっぱいだったのだ。しかしそれと同時に、聡美さんの怒りの表情が脳裏をかすめた。絶対に反対される……。

団長風の男性は、高いトーンで話し続けた。

「私はこの太鼓集団『魁』の団長で吉田っていいます。お祭りの本番が近いから、明日もここで練習しているので、よかったら来てね。そのバチは貸しておくからさ」

吉田さんは、私の肩をポンと二回たたき、「渋谷・鹿児島おはら祭」と書かれたチラシを手渡した。

（鹿児島……）

自分の故郷のお祭りと、まさか東京で巡り合うなんて思いも寄らなかった。

帰り道、預かったバチをバッグから取り出して、強く握りしめてみた。太鼓を楽しんで演奏していた時の温かい感覚がよみがえってきた。心の中にいる小さな私が強く叫び出す。

――私、太鼓がやりたい！

明日も学校で練習やってるって言ってたな。学校の中間試験は今の感じならまったく問題ないし、模試も少し追い込めば大丈夫そうだから明日は練習に行ってみよう。太鼓を思い切りたたけると思うと、自然と笑みがこぼれた。

自宅に着きドアを開けると、なぜかリビングの電気がついていた。まさかと思い、目線を下に向けると、そこには聡美さんのハイヒールが置かれていた。

帰ってるんだ……。

背筋が凍る感覚で、ゆっくりとリビングに進んでいった。そっとリビングをのぞくと、聡美さんが血眼になってノートパソコンでタイピングしている。

「塾は？」

聡美さんは、私に視線を合わせなかった。

「今日は土曜日でお休み……」

「それにしてはやけに遅いわね」

　鋭い指摘だ。

「友達と試験前の勉強をしてたの、図書館で……」

　とっさにでまかせを言った。

「二学期からは、土曜日も塾に行ってちょうだいね」

　聡美さんは依然として視線を合わせず、強い口調。

　私はその言葉に反応せずに、そのまま自分の部屋に向かおうとしたが、ふと太鼓のバチが鞄からはみ出ていることに気づいた。バレないようにそっと鞄を背中の方に回す。すると、カタっという音がして、聡美さんはすぐさま私に視線を向けた。そして、ゆっくりと近づいてきて、後方の鞄からバチを取り上げた。

「何よ、これ？」

　聡美さんは、バチを私の前に掲げてにらみつけた。

「これは、その……」

　学校の体育館で、大人たちが祭りの稽古をしていて、バチをもらった……と、正直に話そうと思ったが、信じてもらえないだろう。この場からすぐに逃げ出したいが、どうしたらよいかわからず気まずい空気が流れる。

「史織、今までどこに行っていたかは訊かないわ。ただね、もう遊んでいる時期は終わったの。

今から周りの子たちはもっと受験勉強に専念すると思うわ。だから、お願い。太鼓のことはもう忘れて。まずは現役でちゃんとした大学に入ってちょうだい」

「私……太鼓やりたいんだけど」

聡美さんは、私の肩をつかんでにらみつけた。

「今、社会はどんどん変化しているの。そんな世の中を一人で生き抜いていけるようになってもらいたいのよ。お母さんのような研究者を目指さなくてもいい。ただ、ちゃんとした大学に行って、立派に活躍できる大人になってほしいの」

私は、自分の話に一切耳を傾けてくれない聡美さんにどうしても我慢できなかった。

「もういい！」

力づくでバチを取り返し、自分の部屋に猛スピードで駆け込んだ。

「史織！」

部屋に飛び込むと、すかさず中から鍵を締め、バチを握りしめたまま布団にもぐり込んだ。太鼓をたたくことがそんなに悪いことなの？　ちゃんとした大学って何？　立派な大人ってどういう意味？　聡美さんの言葉を一つも理解することができない。彼女の声が頭の中で渦を巻くようにこだました。

それから私は、聡美さんに反抗して塾をサボり、「魁」の太鼓の練習に没頭した。連日練習に出ながら、ある決意をしていた。有名大学なんて行かなくていい。私は私のやりたいことをやる。

んだ。太鼓が好きなんだ。高校を卒業したら、バイトをしながら音大か専門学校に入って、そして、プロの太鼓奏者になるんだ。

「史織ちゃん、演奏お上手だよ。ただ、心がこもってないな。そんなお顔だとお客さんは一緒に盛り上がれないよ」

団長の吉田さんは声をかけた。私にとって今の演奏は意地でしかなかった。非力かもしれないけれど、聡美さんの押しつけに対しての最大限の抵抗だったのだ。

それから一週間後に行われた中間試験は、一年前に塾で習った内容だったので、軽く復習して、難なく乗り切り、聡美さんの注意を逸らすことができた。お祭りもこの調子なら、なんとか出演できると思う。でも、その後、どうやって自分が進みたい学校に行くか、聡美さんがそのことをどうしたら納得してくれるか、考えるだけで頭が痛くなった。

お祭りまで一週間。聡美さんは相変わらず仕事に追われ、あの一件以来、家で会うことはなかった。スマートスピーカーには、「試験はどうだったの?」、「太鼓はやってないわよね?」と一方的なメッセージが吹き込まれている。こんなスピーカーなくなればいいのに。聡美さんの声が流れるたびに、床にたたきつけてしまいたかった。

今日は、吉田さんからお祭りの本番で着るはんてんを渡してもらった。はんてんには団体の名前である「魁」の文字が大きく刺繍されている。部屋ではんてんを自分の体の前に掲げてみると、昔おばあちゃんと一緒に参加した鹿児島のお祭りを思い出した。

最後にお祭りに出たのは小学五年生の秋。あの時のおばあちゃんはとてもかっこよかった。太鼓を演奏していると別人に変わるんだ。おばあちゃんのリードに合わせて団員たちは全員一丸となって太鼓をたたき、私も大人に負けまいと力の限界までバチを振り続けた。演奏と会場の手拍子が一体となって、会場は最高潮の熱気に包まれる。

（あの感覚をもう一度味わえるんだ）

私ははんてんを着て、身鏡に映る自分の姿を見つめた。

（これが本当の私）

小さいころの記憶が鮮明によみがえり、熱い想いがこみ上げてくる。バチを手にして、太鼓をたたく身振りをしてみる。自然と顔の表情が緩んでいく。そして、底知れぬ自信が満ちあふれてくる。

お祭りで太鼓を思い切りたたきたい！

明日も練習に励んで、本番でみんなと喜びを分かち合いたい。小さいころにおばあちゃんと一緒に感じたあの時のように……。

突然、ＬＩＮＥのメッセージの音が鳴り響いた。

――雪葉からだ。

あ、そうだ、雪葉にも、私の演奏を観にきてもらおう！　きっと、喜ぶだろうな。そう思いながら、笑顔でスマホを開いてみると、『史織、今から会えるかな？』という文字。時計を見ると、午後九時を回ったところだった。突然の内容に一瞬戸惑った。

『今日？　いいけど。どうしたの？』

『一緒におしゃべりした山内公園に三十分後、来れる？』

『うん、わかった。行くね』

急な連絡を不思議に思った。と同時に、説明のつかない不安を感じた。改めて以前学校で見かけた雪葉を思い返した。あの時も、少し様子がおかしかったし、きっと何か重大なことを抱えているのかもしれない……。

外に出かける準備のために、はんてんを脱ぎかけた。突然、部屋のドアが開いた。聡美さんだった。いつもなら、私が寝ている深夜に帰ってくるはずなのに。私は動揺を隠せなかった。

「どうして⁉」

聡美さんは、無言のままその場に立ち尽くしている。凍りついた顔で、はんてんを着た私をじっと見ている。

「急遽明日、出張が決まったから、今日は早めに帰宅させてもらったの。それより何よ、その格好。まさか、まだ太鼓をやっているとでも言うんじゃないでしょうね」

私は、頭に血が上った。

「いいでしょ。私の勝手でしょ！」

「なんて、聞き分けのない子なの！　どうしてお母さんの言うことを聞けないの？」

「なぜ、聡美さんのいうことを聞かなきゃいけないの？」

聡美さんは私の肩を両手で強くつかんで、私の目をじっと見つめた。

「史織にはね、苦労させたくないの。良い学校に行って、良い仕事に就けば人生が楽なのよ。安定した収入が得られ、将来の不安もない。お母さんは史織と同じ年のころから人一倍頑張って勉強したし、誰にも負けないぐらいお仕事を努力してるの。史織には、現役で大学に入って、人にバカにされないようにしてもらいたいの。あなたには、そのことに早くから気づいてもらいたいのよ」

「私は……私は聡美さんのロボット？」

「何、言ってるの」

「聡美さんの価値観を押しつけないでよ！　そんなんだから、お父さんだって家を出ていったんじゃない！」

思わずお父さんのことを持ち出してしまった。そこまで話すつもりはなかったが、ずっと押し殺してきた感情が抑えきれなかった。聡美さんは、唇を小刻みに震わせている。その直後、聡美さんの手のひらが私の右頬に飛んできた。痛みが突き刺す頬を右手で覆いながら、聡美さんをにらみつけた。

なんで、こんな目に遭わなきゃいけないの？　どうして、聡美さんの手のひらの上で転がされなきゃいけないの？　私が言ったことは間違いなの？　どこが間違いなの？　もういい加減にして！

今までにないほどの怒りと不満がこみ上げてきた。力づくで聡美さんを部屋から追い出すと、鍵をきつく締めた。聡美さんは、ドアを力いっぱい何度もたたき、私の名前を連呼している。

私は全身の力が一気に抜けきってしまい、その場にしゃがみこんだ。そして、人生でこれ以上ないくらいに泣きじゃくった。怒りと悲しさで心がいっぱいになり、自分が何者であるかさえわからなくなった。

もうろうとする状態でベッドにうずくまっていた。とめどなくあふれる涙を抑えることができず、時間を忘れていつまでも泣きじゃくった。


カーテンの隙間から日が差し込んできた。鳥たちの声がベランダから聞こえてくる。

……あ、私、どうしたんだろう。

目をこすりながら、ゆっくりと起き上がる。今、何時？　壁掛け時計を見ると八時半を示していた。ヤバい、今日は全国模試の日だ。真珠たちと一緒に行くって約束したのに、これじゃ確実に遅刻だ。すぐに真珠に連絡しなきゃ。

スマホを見ると、画面には無数のＬＩＮＥメッセージ。寝ぼけた頭が急に動き出す。と、顔から血の気が引いていった。

——雪葉!!

届いていたメッセージを急いで開けると、そこには大量のメッセージが届いていた。

(急いで返信しなきゃ！)

メッセージをスクロールしていくと、雪葉は公園でずっと私を待っていたことがわかった。すぐに謝らなきゃ。急いで最後まで読み進めていく。最後のメッセージを見て、私は言葉を失った。

『史織、ありがとう。史織と出会えて幸せだった。』

えっ？

背筋が瞬時に凍った。

何、このメッセージ。どういう意味なの……。発信時刻を見ると、深夜の一時一七分。

スマホの着信が鳴り響いた。雪葉⁉と思ったが、真珠からだった。

「史織、どした？　もう行っちゃうぞ！」

「真珠、ごめん……今日寝坊しちゃった」

「は？　あんたが？　信じらんないわ」

すると、真珠の声色が突然変わった。

「史織、ちょっと待ってて」

そう言うと、真珠は電話の向こうで誰かと話しているみたいだった。そして、息を切らしながら再び話し出した。

「史織、やばいよ！　E組の子が自殺したって」

「え？　誰……」

「犬飼雪葉って子」

え⁉

雪葉が……。

突如、目の前が真っ白になった。雪葉が自殺？　どういうことなの？　嘘でしょ……。右手に握っていたスマホがするっと床にこぼれ落ちた。スマホから「史織、史織！」と私を呼ぶ声がしている。

どうして、雪葉が……。放心状態のまま、私はその場に立ち尽くした。

翌日から学校に行かなくなった。いや、行けなくなった。自分のことがわからなくなっただけでなく、雪葉を突然亡くしてしまい、聡美さんも学校も何もかもが信じられなくなったからだ。私は、自分のことを心底恨んだ。どうしてあの時気づけなかったの。もう一度、あの時に戻りたい……。

学校を休んでいる私に、真珠は学校の様子を毎日教えてくれた。

雪葉が自殺した理由は、クラスでのいじめが原因だったとのこと。高一の二学期から特定のクラスメートが執拗に雪葉をいじめ、靴に画びょうを入れたり、ありもしない噂をクラス中に流した。二年生になってさらにそのいじめに拍車がかかり、私物を隠す、制服やバッグを踏みつける、あからさまに仲間はずれをするなど、陰湿なことをしていた。

雪葉が、私にすらいじめのことを話せなかったのは、彼女が人一倍周りに気を遣う性格だったからだと思う。中学の時からいつも人のことを気にかけて、困った人がいると率先して声をかけていた彼女。でもその反面、自分の困ったことを伝えられない――忘れ物をしたのに話せないとか、病気なのに大丈夫と言ってしまうとか、そういうところがあったのだ。そんな性格を知っていただけに、彼女を救えなかったことを、息が詰まるくらい苦しく感じた。そして、そのきっかけを生み出したのは、聡美さんだ。日に日にそう考えるようになっていった。

この事件の一週間後に開催された「渋谷・鹿児島おはら祭」にはもちろん参加することができなかった。吉田さんはＬＩＮＥで気遣いのメッセージをたくさん送ってくれた。でも、返信できなかった。お祭りが終わってから数日後に、一通だけ『今まで連絡ができずにごめんなさい』と短く送り返すのが精いっぱいだった。

聡美さんは、私が特殊な病気にかかって静養している、と学校に伝えていたことを真珠から教えてもらった。もう何もかもがどうでもよくなってしまい、食事をとることすらおっくうになった。

夏休みに突入しても、部屋にこもりっきりで、ぼんやりと本やＹｏｕＴｕｂｅを見る毎日だった。真珠たちが頻繁にＬＩＮＥを送ってくれたが、クラスメートの優しさが重くて、一週間に一度しか返信できなかった。

高二の夏は、塾に本格的に通う子と、今のうちに思い切り部活や遊びに専念しようとする子の半分半分に分かれる。私だけ世間から取り残された感覚で、無気力のままでいた。時折、雪菜を追いかけてマンションから飛び降りようと考えることもあったが、ベランダに立って地面を見下ろすたびに、雪菜のように死ぬ勇気を持てないでいた。

ＹｏｕＴｕｂｅに流れるニュースでは、中年の引きこもりや自殺、学校の教師同士のいじめの話題が流れてくる。大人になっても苦しむ人はたくさんいる。

なんで大人にならなきゃいけないんだろう。こんな苦しい社会っておかしい。学校の先生は、日本は豊かで幸せな国っていうけれど、全然嘘じゃない。先生の言う「幸せ」っていったいなんなのよ。

何もしない夏休みがあっという間に過ぎ去り、さすがに聡美さんも困り出した。学校や塾の先生からしきりに連絡が来るとぼやいている。聡美さんは社会的に注目されている立場だから、その娘が不登校だなんて知れ渡ったら、メディアは一斉に騒ぎ立てるに違いない。聡美さんは、毎日出かける際に、「お願いだから学校に行って」、「せめて、少しでもお母さんとお話しましょう」と声をかけてきたが、話す気になれなかった。聡美さんが一方的な押しつけをしていることを謝るまでは何もしない。たとえそれがあっても雪葉は戻らない。そして、私も変わらない。そんな揺るがない思いを強く抱いていた。

窓から差し込んでくる日の光も徐々に短くなってきた九月中旬の朝。出勤前、いつもと同じように聡美さんは部屋にやってくる。

「学校の先生も心配しているから、お母さんと一緒に担任の先生のところに行きましょう。ちゃんと史織がお話できるようにサポートしてあげるから」

そんな声を無視して、ＹｏｕＴｕｂｅの動画を見続ける。

最近よく見る動画は十代で会社を立ち上げたという学生社長のチャンネルだ。こんなふうに自分の人生を切り開いている同世代がいることに、最初はとても驚いた。流暢な話し方で、堂々と自分の会社の説明をしている。男性アイドルとVRで同じ空間にいる体験ができる、女子高生向けのサービスだ。こういう発想が持てる人ってどんなふうに育ってきたんだろう……。

お昼に差し掛かったころ、突然、聡美さんの慌てふためいた声が聞こえてきた。不意の出来事だったから少しだけ緊張した。

「史織、大変！　鹿児島のおばあちゃん、入院したんだって」

（え、おばあちゃん⁉）

その瞬間、おばあちゃんの笑顔と太鼓を教えてくれた温かい手の感触がよみがえってきた。おばあちゃんが大変なことになっている？

同時に、雪菜も思い浮かんだ。

——大切な人、大事な関係。これ以上、間に合わなかったって言いたくない。

「史織、お母さんはすぐに鹿児島に行くわよ。仕事もキャンセルしたの。あなたはどうする？」

大嫌いな聡美さんとだが、おばあちゃんに会いたい。そして、何があったのか知りたい。

「じゃあ、お母さん、行きますよ」

「私、行く……」

聡美さんはそう言い、部屋を離れようとした。私は俯きながらそっとドアを開けた。

「史織⁉」

真っ白な時間が二人の間にただよった。数秒後、私は急いで鹿児島に行く準備をした。

✦

白いカーテンがたなびいている。外からは子どもたちの遊ぶ声が聞こえてくる。

青年はぼんやりと天井を眺めるが、そこにはしみ一つない空虚な視界が広がっている。今まで不自由なく動いていた自分の下半身、それがまったく動かない。まだ夢の中にいるような気分だ。いや、これは本当に夢なのかもしれない。時々そう思った。こんな体じゃ何もできやしない。

将来の夢を絶たれてしまった彼は、生きる希望も、何かを行動する気力も持てなかった。部屋には大きなテレビが備えつけられていたが、つけたことは一度もなかった。過去の自分には戻れないのに、テレビの中にある以前と変わらない日常に触れてしまうと、自分が世界から遠く切り離された存在のように思えてしまう……そのことがとてつもなく怖かった。

外から届く子どもたちの無邪気な笑い声が反響する室内で、彼は時間が過ぎ去ることにひたすら耐えていた。

③

自宅を出発してから四時間ちょっとで、私たちは鹿児島空港に着いた。移動中、聡美さんと視線を合わせないようにし、窓の外を眺めていた。イヤホンで音楽をずっと聴きながら、間もなく会えるおばあちゃんのことを思い浮かべていた。

空港で、聡美さんは早歩きで私の五歩先を歩いた。あえて距離を取っている私に、早くしなさいと口うるさく声を上げた。空港は五年前とさほど変わっていなかった。黒豚やつけ揚げのポスター、鹿児島の名所ののぼり、西郷さんの可愛らしいキャラクター、屋外にある公衆足湯。東京に向かった時の、先の見えない不安な気持ちがおぼろげによみがえった。

バスに揺られて一時間程度で鹿児島中央駅に着き、タクシーに乗り換えて病院へと向かった。昔おばあちゃんと一緒にお祭りに出た天文館という繁華街が見えてくると、沿道のどこかで幼い私が歩いているように感じた。再開発が行われ、天文館の街並みはだいぶ装いが変わっていた。昔の同級生はどうしているのかな、もしかしたら私が気づかないだけで、今この道を歩いているんじゃないかなと考えた。

横にいる聡美さんは、タクシーでの移動中もパソコンを膝の上に置きながらずっと画面とにらめっこをして、スマホで誰かとせわしなく会話していた。

病院に着き、受付で病室を教えてもらい、一一〇一号室へと足早に向かった。部屋の頑丈な扉を横にスライドさせると、おばあちゃんが窓の外を見ながら横になっていた。あれだけ会いたかったのに言葉が出ない。俯きながらそっと近づいた。

聡美さんは開口一番、

「何やってるのよ！」

と甲高い声を上げた。

「あら、聡美？」

おばあちゃんは、懐かしい独特の鹿児島弁で返事をした。

「心配したじゃない！　階段から転げ落ちて、意識がなくなっただなんて」

「脳震盪よ。ほら、こん通り、ピンピンしてるでしょう」

「でも、骨折したんでしょ。しばらく入院だって聞いたよ。父さんが生きていたら笑われるよ」

ふてくされていたおばあちゃんだったが、私の姿に気づくと一変して明るくなった。

「そこにいるのはしーちゃんね？　まー、大きくなったねー」

「……」

大好きなおばあちゃんを前にしても言葉が出なかった。この数ヶ月、ほとんど誰とも話をしていなかったので何て話していいのかわからない。そのことに気づき、ショックで呆然と立ち尽くした。

「反抗期なのよ。史織は」

「あんたは、またそうやって人のことを決めつけて」

「いちいち私のことをとやかく言わないでちょうだい。私は私なりに頑張って仕事も子育てもやっているの」

「よく言うねー。あんたの代わりにしーちゃんの面倒を見たの、私だがね」

久々の再会にも関わらず、一瞬にして険悪なムードになってしまった。私はいてもたってもいられず、おばあちゃんの胸に抱きついた。

おばあちゃんは私の顔を見ると、柔和な眼差しで頭を優しく撫でてくれた。

「しーちゃん、太鼓はまだしてるの？」

「母さん、史織は高二なんです。太鼓はもうやっていません」

おばあちゃんは、聡美さんの言葉を気にかけず、私の顔をじっくりと見続けた。おばあちゃんと暮らしていた時の温かい時間が思い出され、自然と涙があふれた。おばあちゃんはゆっくりと私に語りかけた。

「元気そうで何よりだよ。学校は楽しい？　友達はたくさんおるの？」

何も話せない私を見て、おばあちゃんは、手を優しく握りしめてくれた。

「しーちゃん、実はお願いがあるんだけど。おばあちゃんは、こんな状況だから、外を出歩くことができんの。そいでね、本当なら今ごろ、屋久島に行ってるはずだったの。身寄りのない子どもたちに太鼓の演奏を聴かせて欲しいいち、若いころのお友達に頼まれたの」

「ダメよ、史織。おばあちゃんの代わりに屋久島に行くなんて」

聡美さんはおばあちゃんの考えをすぐさま察して口を挟んだ。

「聡美。今のしーちゃんは昔のしーちゃんじゃない気がするよ。少しだけ私に預けてくれんかね」

「もう、頭までおかしくなったの？　史織、おばあちゃんが元気なことがわかったから、もう帰りますよ」

聡美さんは私の腕を引っ張って病室を出ようとした。しかし、私はどうしてもその場から動くことができなかった。

――もう東京に帰りたくない。おばあちゃんがいる鹿児島にいたい。

「史織！」

聡美さんは声を荒げ、感情を爆発させた。それでも私は、おばあちゃんから離れまいと、おばあちゃんにしがみついていた。そんな私の背中をおばあちゃんは何度もさすってくれた。

「わかりました。勝手にしなさい！」

そう言うと、聡美さんは扉を勢いよく開け、病室から出ていった。二人っきりになった病室で、おばあちゃんはいつまでも私のことを抱きしめてくれた。おばあちゃんの胸元でとめどなく涙がこぼれた。

青年は、自宅の部屋のベッドに横たわっていた。

部屋には望遠鏡や天体図鑑、宇宙関係のオブジェが所狭しと並べられている。小さいころから小遣いを貯めて、一つひとつ揃えていった愛着品だ。しかし、彼はこれらを見ることも触れることもしなかった。

病院から自宅に場所が移っても、結局自分の体は何も変わらない。一人では何もできない。生きる希望なんて何もない。

病院の職員が懸命にリハビリテーションを促しても、それに向き合う気力が湧かない。今まで自由に動けていた過去の自分に戻りたいという願望にさいなまれ、車椅子に乗ることすらチャレンジできなかった。

衝突事故を起こした人は、二十代の若い社会人だった。買ったばかりの乗用車でスピードを出しすぎて、彼の存在を確認できなかったそうだ。その人が謝罪したいと、彼の母親に何度も伝えたが、断固として彼はその申し出を受け入れなかった。いくら謝罪されたとしても、自分の体が元に戻るわけではない。逆にその人間と会えば、憎しみや恨みが募るだけだろう。

小さいころから憧れだった宇宙飛行士の夢は、こんなにも儚く脆く崩れてしまった。現実を呪い、生きるとはなんて無慈悲で残酷なんだろう。意識が戻ってからいつもそう感じていた。

母親は朝から晩までつきっきりで彼の面倒を見ていた。歩くことができないため、華奢な体を張って食事を運んだり、着替えや排泄を手伝った。だが、母親に甘えることは、思春期を迎えた彼には抵抗があり、複雑な気持ちを抱えていた。しかし三日も経つと、生きることへの無力感とともにその感覚も薄れていった。自分はこれからもずっと、誰かの助けを借りながら生きていくしかないんだ。死ぬまでずっと……。

彼は父を病気で亡くしてから母と二人っきりの生活だったため、自分がしっかりしなければという気持ちを強く持っていた。母に苦労をかけたくない。家事の手伝いをしたり、学校でも問題となるような行動を一切起こさなかった。一方、母親は、父親がいない寂しい思いをさせていないかと、執拗に彼に干渉した。柔道やそろばんなどの習い事を一方的に勧め、学習塾に行かせた。しかし、彼は自分のペースで勉強をこなしたい性格で、どの習い事にも興味が持てず、ひたすら天体の勉強に時間を費やした。

学校では、「博士」というあだ名がつくくらい天体マニアで通っていた。小学生の時は変わり者としてからかわれたものの、成長するにつれ、逆にクラスメートの憧れの対象となり、それなりに仲良く会話した。しかし事故以来、学校に行かない日々が続き、クラスメートの顔や名前は記憶の片隅に追いやられてしまった。

ベッドの上には、退院した当時から母が設置してくれたタブレット端末があった。インターネットで動画でも見てみたらどうかと暗に意図しているんだろうが、それに手をつけることはなかった。

母親は一時間ごとに部屋を訪れては、困ったことがないかと尋ねたが、彼には疎ましかった。

困ったことがあれば、自分から声をかけるのでいちいち尋ねに来ないでほしい。そう伝えるのだが、母親にはどうしてもそれができなかった。

ところが今日は違った。母親が珍しく外出したのだ。何でも、今の彼に必要なあるものを取りに行くと、意気揚々と家を出ていった。あれだけ煩わしいと思っていた母親が急にいなくなると、少しだけ寂しさに襲われた。心細くなった。

母親の代わりに臨時のヘルパーさんが、数時間に一度様子を見にきた。

昼食を食べ終え、午後一時ごろ、突然スマホが鳴った。母親からの着信だった。彼女の声はなぜか緊張していた。

「目の前のタブレットの電源をつけてみて」

急な頼みに一瞬疑問を感じたが、言われるがまま備えつけのタブレッドの画面をオンにした。母親がたどたどしく伝える説明に応じて、指定されたアプリをダウンロードする。説明がおぼつかないことを察したのか、電話口の向こうで男性が「代わりましょうか」と母親に話しかけた。

「初めまして。私は、鹿児島先端科学技術大学の藤吉です」

はつらつとした若い男性の声だった。久々に聞く母親以外の声に、彼は少し動揺した。

「今、ダウンロードしていただいたアプリに、これから伝えるログインIDとパスワードを入力してみてください」

藤吉という男性が説明する通りにアプリを起動し、ログインした。するとそこには、母親とともにスマホを持った男性の顔が映し出された。

――え？　そこはどこ？　この男性は誰？　……もしかして藤吉という人？

✦

私は、おばあちゃんからの頼みを引き受けて屋久島に行く準備をした。出発は明日の朝。おばあちゃんは、私の買い物のために一万円札を二枚渡してくれた。私はすぐに東京に戻ると思っていたので、予備の着替えを持ってきていなかった。島に行ったら、デパートや大きなスーパーはないよとおばあちゃんは教えてくれた。屋久島にどれくらい滞在をして、どんな生活をするのかイメージできなかった。私の思いはただ一つ――聡美さんから離れたい、その一心だった。

「向こうに着けば、昔からの友人がしーちゃんを面倒見てくれるから安心してよかよ」

屋久島のことを尋ねると、おばあちゃんはそう言った。

とはいえ人生で初めての一人旅。不安や心配は大きかった。

――現実逃避。

そんな言葉が頭をよぎった。夢も希望も持てなくなった私。何もかも捨てて島に行くということは実際そうなのかもしれない。

「山形屋《やまかたや》」というデパートで買い物を終え、翌日の出発に備えて、おばあちゃんの家に一泊することにした。昔歩いた坂道を久々に歩く。右手には夕陽を背負った桜島が見え、陽の光を手で覆いながら、眼下に広がる街並みを見下ろした。真っ赤に色づく風景を見ていると、なぜだか涙がこぼれ落ちた。

あのころに戻りたい……。

坂道を登りきると、昔と変わらぬおばあちゃんの家が見えてきた。玄関の引き戸を力いっぱい開けようとすると、拍子抜けするくらい簡単に開いた。昔は、力を込めないと開かなかった立てつけの悪い玄関。おばあちゃんが直したのか、それとも私が成長したからなのか。

靴を脱いで中に入ると、独特の懐かしい匂いがした。そう、この匂いに囲まれて私は暮らしていたんだ……。廊下を歩くと、歩みに合わせてミシミシと床から音が聞こえてくる。稽古場として使っていた大広間に入ると、昔と変わらず神聖な空気が流れていた。

今回、おばあちゃんから頼まれたことは、屋久島の子どもたちに太鼓の演奏を聴かせてあげること。おばあちゃんは、「稽古場に置いてあるバチの中で使いやすいのを持っていきなさい」と私に言った。

棚からバチを一セットずつ握りしめていき、自分の感触に合うものを探す。ふと、一つだけとりわけ小さなバチを見つけた。小さいころに使っていたバチは東京で聡美さんに処分されたはずだから、きっと今ここに通っている子どものものなんだろう。その小さなバチを握りしめると、なぜだか心が優しくなれた。バチを元の場所に戻して、また他のバチの感触を確かめた。そして最後に手にしたバチがどことなく私になじんだ。それを屋久島に持っていくことに決めた。

二階へと上がり、以前使っていた部屋に入ると、何も物が置かれておらず、空虚な空間になっていた。昔の自分の部屋を見て、ゆっくりと畳に座り込んだ。窓の外をのぞくと陽が落ち始め、黒いシルエットとなった桜島が見える。薄暗い部屋の中で、東京からの移動の疲れもあって、気づかぬ間に眠りに落ちた。

4

翌日、朝七時に家を出発。バスを使ってドルフィンポートと呼ばれる高速船乗り場に着いた。出航までの間、待合室に座っていると、室内のモニタには縄文杉やウミガメといった屋久島の魅力を伝える映像が繰り返し流れた。登山帽を被り、大きなリュックサックを抱えた観光客の姿がおおぜい目についた。

しばらくすると、中年の男性の声で、種子島経由、屋久島行きのアナウンスが流れた。室内の人たちが一斉に荷物を持ち上げ外に出る。私もボストンバッグと手土産の入った紙袋の二つを持って、乗客の列の後を追いかけた。

船は白色にピンクのラインが横に引かれた可愛らしいデザインで、ＴＯＰＰＹという名前が書かれている。いつだったか、ＴＯＰＰＹとはトビウオという意味だよ、と誰かから教えてもらったのを思い出した。きっと船がトビウオのように速いことを意味しているんだろうな。

船内は一階と二階に分かれていた。チケットを見るとE24と書かれている。一階の、隣り合った三席が三列に並ぶ通路側の席だった。どの列も真ん中の席が空いていたので、乗客は自分の荷物をそこに譲り合って置いていた。

私の列の窓際の席には、中年の女性がすでに座っていて、他の列と同様に真ん中の席が空いていた。そこには、私の手土産と同じYAMAKATAYAというデパートの名前が印字された紙袋が置かれていた。

私が持ってきた紙袋の中には、かるかんといわれる山芋のようかんのような鹿児島名物のお菓子が入っている。屋久島でお世話になる方に、手土産として渡してあげてと、おばあちゃんから頼まれた。私はボストンバッグを足元に置き、真ん中の席の空いているスペースに、その紙袋を置いた。

船内のアナウンスが流れ、船がゆっくりと出港する。船旅は初めてだったので、緊張して座っていた。窓の外を見ると桜島が徐々に後方へ流れていき、海と空の青が一つに溶けた景色が顔をのぞかせた。船特有の縦に揺れる小気味好い振動にまぶたが次第に重たくなっていき、いつしか眠ってしまった。

ふと気がつくと船の揺れが収まり、船内では乗客の半数程度が下船していた。もう屋久島?と思ったら、ここは経由地の種子島ということがアナウンスでわかった。窓の方に顔を向けると、窓際に座っていた女性はすでにおらず、どうやらこの島で下船したようだった。まだ種子島かと胸をなでおろすと、出港前にまた深い眠りに落ちた。

一時間ほどが経ち、船はようやく屋久島に到着した。ゆっくりと立ち上がり、足元に置いていたバッグと隣の席に置いていた紙袋を持ち上げた。

船の外に出ると、清涼感に富んだ清々しい空気が漂っていた。荷物を地面に置いて、軽く背伸びをした。

船着き場を離れ、駐車場に向かっていくと、会社名と観光客の名前が書かれたプラカードを掲げた人たちがずらっと並んでいた。観光客は、自分の頼んでいた会社名を見つけると安堵の表情を見せて、車やバスに流れ込んでいった。

私もこれからお世話になる天野さんという男性を探さねばならない。なんでも長身の痩せ型で白髪交じり、仕事はお医者さんをしているらしい。その特徴をもとに辺りを見回したが、それらしき人が見当たらない。徐々に不安を募らせていくと、後ろから私を呼ぶ声がした。

「史織ちゃん、琴浦史織ちゃんはいますか？」

振り返ると、穏やかな顔立ちの初老の男性が立っていた。きっと、この人が天野さんなんだろうと思ったものの、うまく声を出すことができなかった。そこで、ゆっくりとその男性に近づいて、彼の前で小さく首を縦に振った。

「ああ、良かった。無事見つけられて。天野です、今日からよろしくね」

そう言うと天野さんは、手を差し伸べて私のボストンバッグと紙袋を持ってくれた。そして、もう片方の手で私の背中をそっと押しながら自分の車の方に歩き出した。

駐車場の隅っこに、白くて小さな軽トラックが一台置かれていた。

「昔、オヤジが使っていたやつのお下がりなんで、ボロっちいけど我慢してな」

助手席にゆっくりと乗り込むと、天野さんは車のキーを回してエンジンをかけた。

「今からおじさんの家まで、三十分程度のドライブだ」

天野さんは小さくほほ笑むと、車をゆっくりと出発させた。

同じ速度で緩やかに移りゆく車窓の中で、穏やかな青い海が延々と続いた。都会とはまったく違う景色を眺めていると、何か新しい発見があるかもしれない、そんな小さな予感がした。

道中、天野さんは私を気遣い、「今何年生？」とか「東京はどんなところね？」と話しかけた。けれども、知り合ったばかりの人と東京の話をする気持ちにはなれず、聞こえないふりをして、終始窓の外に顔を向けた。

三十分ほど経ち、車は車道から細いあぜ道に曲がった。舗装されておらず、車がギリギリ通れるような幅の坂道を登っていくと、古めかしい木造の大きな家が立っていた。

「着いたよ」

天野さんの声とともに、車はゆっくりと駐車スペースに止まった。天野さんは私のボストンバッグ、私は手土産の紙袋を抱えて、家に上がっていった。

外観の古めかしい感じとは裏腹に、中は思った以上に綺麗だった。ただ、建物の造りはかなり年季が入っており、柱は今まで見たことがないような色のあせ方をしていた。廊下を歩きながら、通り過ぎる部屋を横目で見ていったが、どこもひっそりとしていて家族で住んでいる感じはまったくなかった。

「ひいおじいちゃんからの家だから、ガタガタなんだけれど、百年以上もちゃんと使えている家なんだ。一人暮らしの私にはちーっとばっかり広すぎるんだけどね」

天野さんははにかんだ。

そして、「たまにね、ヤモリも出るんだよ」とおどけた表情をした。実際に見たことはないが、ヤモリの姿を想像して、背筋がゾクッとした。なんだか来てはいけない場所に来てしまった、とほんの少し後悔した。

台所の脇に二階へと続く急な階段が現れた。

「あ、ちょっと見せたいもんがあるんだ」

天野さんはなぜか口元を緩ませ、階段の脇にある小部屋に私を連れていった。そこは六畳くらいの子供部屋のような場所で、新品のノートパソコンが置かれていた。

「おじさん、最近パソコンとスマホを始めてね」

天野さんは自慢げにスマホをポケットから取り出した。

「ほんとに買ったばかりなんだ。三日前だよ。島でも若い人がインターネットを使って仕事を宣伝しているっていうから、おじさんも負けまいと思ってね」

天野さんは頭をかきながら、照れ臭そうにした。私は、年を重ねた男性がインターネットを今から始めたことに少し驚いた。

それから天野さんは、ゆっくりと二階に続く階段を上り、私も追いかけていった。階段は急で、少しでも気を許してしまうと一気に転がり落ちてしまいそうだ。一段一段慎重に上り、天井の低い空間にたどり着いた。腰を屈めながらゆっくり進んでいくと、天と地がゆがんだガラスの障子が見えてきた。中腰にならないと先に進めない高さの障子で、それを開けると八畳くらいの部屋になっていた。室内には、古めかしいタンスとちゃぶ台が置かれている。

「この部屋が史織ちゃんには一番落ち着くと思って」

天野さんは私のボストンバッグを机の上にそっと置いた。

「少しゆっくりしてるといいよ」

天野さんはほほ笑むと、そのまま部屋を出ていった。私は、抱えていた紙袋を床の上に置くと、おばあちゃんの言葉を思い出した。

（あ、そうだ。天野さんにお土産を……）

と、紙袋の中のかるかんを取り出そうとしたら、包装紙で包まれたお菓子ではなく、ガムテープで養生された段ボールが入っていた。

「え？」

何でこんなものが入っているの？　不思議に思いながら、その箱をゆっくり取り出し、部屋の真ん中にあるちゃぶ台の上に置いた。いったい、どこで取り違えたのだろう。思いあたらない。それ以上に、段ボールの中身が気になり、恐る恐るガムテープを剥がしてみた。

ゆっくりとふたを開けて中をのぞくと、三十センチほどの白いロボットのような機械が入っていた。能面のようにのっぺりとした顔で、目はちょっと宇宙人に似ている。身体は上半身のみで、いるかのような腕が付いていた。体の底面は平らになっており、そのまま机に置くことができる。背中にひっくり返すと丸い電源ボタンが埋め込まれていた。軽く押してみると、ピコンとキーの高い音が鳴った。

やっぱりロボットだ。両手でロボットを掲げると、目の色が緑色に光った。顔をマジマジと見つめる。眉間にはカメラのようなものがあった。しばらくすると両手がゆっくりと動き出し、慌ててロボットをちゃぶ台の上に置いた。

「ここはどこ?」

突然、若い男性の声がした。

(なんだ。AIロボットか)

聡美さんがAIロボットを研究しているので、なんとなくだが、その仕組みを理解していた。ロボットには初期設定で簡単な会話がプログラミングされている。ロボットがインターネットに接続されると、クラウドというデータが集まっている場所に、人間と会話をしたロボットの情報が蓄積されていく。このロボットはきっと、この家にあるWi-Fiを自動で検知したのだろう。これから繰り交わされる会話を通じて、ロボットは相手の性格や特徴を分析し、あたかも人が話しているような雰囲気に成長していく。最近のAIロボットは、声まで人間そっくりなので、このロボットを見ても、さほど驚かなかった。

「君の名前はなんですか?」

遊び半分でロボットに話しかけた。

「……せいら」

通信のタイムラグだろうか、数秒の無音があった後に、ロボットはぶっきらぼうにそう言った。

「せいら……男の子だから、『せいら君』ね。私は史織だよ」

「しおり……」

せいら君という名前のロボットは、私の名前をおうむ返しした。

階段を上がってくる足音が聞こえ、障子の向こうから天野さんの声がする。

「史織ちゃん、入るよ」

天野さんが部屋に入ってくると、早速ちゃぶ台の上のロボットに気がついた。

「何、これ?」

天野さんは目を丸くした。

「誰?」

せいら君は、天野さんに話しかけた。

「あ、天野です!」

天野さんは初めて見るロボットに呆然としながら、素っ頓狂な声を上げた。

「最近の若い子は、こげなもんを持ってるんだね」

天野さんは感心すると、ふと我に返って、「あ、そうそう、史織ちゃん、夕飯とお風呂、どっちを先にする?」と、尋ねた。

私はまだ人と話す感覚を取り戻せていないため、頭の回転と口の動かし方がうまくリンクしていなかった。

「史織、どっちにするの？」

ロボットは、催促するように私に話しかけた。移動の疲れもあったので、「お風呂」と小さい声で天野さんに伝えた。

「ああ、わかった」

天野さんは、まだロボットのことが気になっているようで、じろじろとロボットを見ながら、部屋から出ていった。よそ見をしていたので、背の低い障子のへりに頭を思い切り打ちつけてしまい、「いてっ！」と大きな声を上げた。

天野さんが階段を下りていった後、もう一度、ロボットを見たが無言のままだった。どうして、このロボットがここにあるのかわからなかったが、一人で知らない場所に来てしまった不安を拭ってくれるかもしれない。私はロボットを置きっぱなしにしてお風呂に向かった。

脱衣所には古めかしい四角い洗濯機があり、脇にはカゴが置かれていた。トラベルポーチから旅行用の小さなボディソープ、シャンプー、トリートメントを取り出してお風呂場に入った。中には小さな浴槽があって、木でできた椅子と桶が置いてある。辺りを見回したがシャワーがどこにもついていない。おばあちゃんの家ですらシャワーはついていたのに、と少しショックを受けた。私はかけ湯をしてから、ゆっくりと浴槽に足を入れた。全身がお風呂に浸かると、朝からの疲れがお湯といっしょに流れていく気がして、思わずため息が漏れた。たしか今朝、鹿児島市内を出発したんだよな、とずいぶん長く感じる一日に思いを馳せた。

お風呂から上がってスウェットのシャツとパンツに着替えると、脱衣所の外から天野さんの声が聞こえた。

「史織ちゃん、夕飯できたよ」

お風呂場を出て、天野さんの声がする部屋に行った。ちゃぶ台の上には、お茶碗に白いご飯が盛られており、湯気が立ち込めていた。久々に見るご飯にしばらく呆然と立ち尽くしてしまった。

「どうしたの？」

天野さんは声をかけた。私は首を横に振って、そのまま座布団の上に静かに腰を下ろした。だが、その後すぐに凍りついてしまった。

ハンバーグやコロッケが食べられるのかと思いきや、羽のついた魚がそのまま素揚げになって運ばれてきた。きっとこれはトビウオだ。続けて運ばれてきたお味噌汁をよく見てみると、トビウオの頭が顔をのぞかせている。

何、これ……。

生々しい姿の田舎料理に思わず言葉を失った。おばあちゃんが作ってくれた鹿児島の郷土料理は大好きだけれど、こんなに偏った料理ではなかった。

「わっぜうまいよ、このトビウオ！　こっちではアゴっていうんだけど、なんちゅうても、今朝この島でとれたばっかり。素揚げにしたんだよ。味噌汁はアゴの旨味が十二分に出ていて最高だよ。ささ、遠慮せんで食べてね」

天野さんの熱のこもった説明がまったく頭に入ってこず、ただ唖然とした。マグロやタコのお刺身とかが出てくるならまだしも、こんな姿の魚を食べる気にはさすがになれなかった。

天野さんになんて言葉をかけたらよいかわからず、しばらくうつむいたままでいた。笑顔だった天野さんの表情はみるみる悲しげなものになっていった。

結局、疲れているから食欲がないと伝えて、一口も箸をつけずにそそくさと二階に上がった。申し訳ない気がしたけれど、東京に住んでいる女子高生にあの夕飯を出されたら引いてしまうのは仕方がない、と自分に言い聞かせた。島で一人暮らしのおじさんだから、女子高生の気持ちなんて到底わからないだろう。ただお腹が空っぽで、東京で食べていた食事が急に恋しくなった。

「カレー食べたい、カルボナーラ食べたい」

そうつぶやくと、部屋に置いていたロボットが、「贅沢は言わない」と言った。

ロボットのくせに口答えなんかして生意気な。私はとっさにさっきまで脱衣所で使っていたバスタオルをロボットの顔に覆い被せた。タオルの下でバタバタと腕を動かし、もがいている。少しかわいそうになり、しばらくしてから被せたタオルを取り外してあげた。

ロボットをじっと見つめ、さすがに明日地元の交番に荷物を取り間違えられたことを言わなければならないなと思った。そして、少しずつ取り間違えた場所が思い出されてきた。たぶん、船内の窓際の座席の女性が間違って持っていったのだろう。加えて、このロボットがとても精巧にできているものだけに、その女性も今ごろ、さぞ困っているだろう。

「ねえ、あなたの持ち主は誰？　明日、君を交番に持っていこうと思うの」

ロボットはしばらく無言になって、首を何度か横に振った。

「それなら大丈夫。持ち主がしばらく預かっていてほしいと言ってたよ」

ロボットが話した言葉の意味を、正直理解することができなかった。

なぜしばらく私に預かってもらいたいのだろう？　そんなことを思いながらも、初めてたどり着いた島で、一風変わった見知らぬおじさんと二人っきり。さすがに心細いと感じていたので、少しの間だけこのロボットを預かってもいいかなとも思った。このロボットがいるだけでちょっとは安心できるかも。

そんなことを考えていると、眠気が襲ってきた。部屋の隅っこに畳まれていた布団を敷いて横になった。布団を床に敷いて寝るなんて久しぶりで、その独特のひんやりとした感じがどことなく懐かしかった。

天井からぶら下がっている電球の長い紐を引っ張ると真っ暗になった。ロボットの目の光が緑色に幻想的に浮かび上がる。電源をオフにしようとロボットに手をかけると、「もうすぐ自動でオフになるから大丈夫」と言った。

「あ、そうなんだ」

私は手を引っ込めた。

「ねえ、史織」

ロボットが会話を続けた。

「何？」

「僕、外の景色も見てみたい」

「え？　……いいよ、明日連れていってあげる」

そう答えると、布団に吸い込まれるように深い眠りに落ちていった。

✦

星空《せいら》は驚いていた。

母親の靖子が見つけてきたものは、単なるネット会議システムかと思ったら、画面の向こう側にはロボットが存在していた。そして、あたかも自分が話しかけているかのように、ロボットを通して会話ができるのだ。

相手には自分の姿は見えない。こちらからはロボットに付いているカメラで相手の姿を見ることができる。そして、タブレットの画面をタッチやスワイプすることで、ロボットの首を動かすことができ、それと連動して画面に映る映像を上下左右に動かすことができる。さらに、ロボットに付いている腕を動かすことによって、相手に喜怒哀楽の感情を簡易的に伝えることができ、遠隔の相手とコミュニケーションをとることができるのだ。

このロボットのことは、一週間前に、靖子が大学時代の同級生から教わった。その同級生の甥っ子は、ロボット研究者の「藤吉」という若い准教授で、彼が開発したものが、この「分身ロボット」だ。まだ開発段階ではあるものの、これから急速に世間に普及が始まると注目されている。

星空の不遇の事故を慮った藤吉が、特別に無償で貸し出してくれた。靖子は、深い失意の中にいる息子になんとか生きる希望を持ってもらいたかったのだ。だが、いくら分身ロボットがあっても自分の体は元には戻らない、こんなのは気休めでしかない。星空は藤吉とのやりとりでそう感じていた。

それから六時間後。ロボットを受け取るために出かけた靖子は、帰宅するや否や「ごめんなさい。私とんでもないことをしちゃった」と、暗い表情を浮かべた。

聞けば、ロボットが入った箱をデパートの紙袋に入れて研究室のスタッフに渡されたそうだ。ところが、どこかで取り違えてしまい、別の紙袋を持って帰ってきてしまった。中には、かるかんの菓子折りが入っていた。靖子は急いで電車やバスや船など、今まで使った交通機関に問い合わせた。ただ、種子島からとても遠い場所の大学まで出向き、いくつも交通機関を乗り継いだため、どこで取り違えてしまったのかまったく見当がつかなかった。

靖子が一階のリビングであたふたしている中、何気なく見ていたタブレットの画面に、急に見知らぬ少女が現れた。丸顔でおっとり系の高校生くらいの子。目の前の少女は、星空に向かって話しかけた。

「君の名前はなんですか？」

尋ねられて一瞬戸惑ったが、すぐさま「せいら」と答えてしまった。少女は、その後に「しおり」という名前を教えてくれた。

せいら――青年の名前は、「星空」と書いて「せいら」と読む。宇宙飛行士に憧れていた星空にぴったりの名前で、星空自身もとても気に入っていた。いつだったか、靖子が、その名前は亡くなった父親がつけたのよと教えてくれた。

星空は最初、自分が遠隔から話しかけている生身の人間であることを説明しようと思った。なんて伝えたら史織が驚かずに理解してくれるだろうか？　そんなことを考えていると、別の人物が画面に現れた。天野という初老の男性で、どうやら史織はこの天野の家に居候しているらしい。

天野が史織に風呂と夕飯のどっちを先にするか尋ねた。史織が返答に困っていたので、「史織、どっちにするの？」と尋ねてしまった。星空は、何でも答えを早く決めたがるせっかちな性格で、史織のあやふやな態度がもどかしかった。史織は、呼びかけに促されるようにして、「お風呂」と答えた。星空は、自分の声かけがきっかけで、史織が行動を起こしたことに少し気分を良くした。

天野が部屋から出ていき、史織と二人だけになった。もし彼女に自分が人間であり、遠隔操作で会話をしていると伝えたら、いずれは自分の体が不自由であることも話さなければならなくなる。現実を受け止めたくない星空にとって、そのことは何よりも苦痛だった。いずれ彼女とも別れるのだから、このままＡＩロボットの振りをしていても問題はないだろう。星空はそう考えた。

史織は食事から部屋に戻ってくると、「カレー食べたい、カルボナーラ食べたい」とぼやいた。きっとイメージとほど遠い田舎料理が出てきたに違いない。その時の彼女の様子を思い浮かべ、星空は思わず笑った。「贅沢は言わない」と話しかけると、史織は怒って持っていたバスタオルを分身ロボットに覆い被せた。すると目の前の画面が真っ暗になった。——そっか、向こうからすると、ロボットというより人間と話しているような感覚になるんだな。

史織が明かりを消して眠りに就くと同時に、靖子が様子を確認しにきた。星空はすかさずタブレットをオフにして、何もしていないふりをした。

分身ロボットをなくしたショックでしょげている靖子に、ロボットのことは内緒にしておこうと星空は考えた。今までずっと病室や自宅で医師や看護師、靖子としか接していなかったので、久々の外の世界はとても新鮮に感じられた。この事実をもし伝えたら、きっと靖子は、ロボットを自分の意のままにしか使わせないだろう。靖子の思い通りにロボットが運ばれ、靖子の管理下でしかロボットが使えない。そんなふうになるのなら、今までの生活とほとんど状況は変わらない。

靖子が一階に下りて室内が静かになると、星空はタブレットをひそかにオンにした。画面は真っ暗で何も見えなかったが、ロボットの首を右にスライドさせると、天窓が見えてきて、窓外に満月が浮かんでいた。

あ、今日は満月なんだ……。

事故が起きてから初めて夜空を見た。多少粗い画像ではあったが、そこに映る満月に思わず見とれてしまった。そして、不意に一粒の涙がこぼれ落ちた。巻き戻せない時間への悔しさとともに、これから一生不自由な生活を強いられることへの恐怖を、改めて知らされたような気がした。

星空は画面をオフにすると、ベッドの中で泣きじゃくり、そのまま眠りについた。

5

翌日、スマホのアラーム音で目が覚めた。七時半。寝ぼけまなこをこすりながら、いつもと違う目覚めに違和感を覚えた。

——あ、屋久島に来ていたんだ。

ゆっくりと起き上がり、カーテンを開けると、外は薄暗い曇り空だった。

少しずつ意識がはっきりしていき、今日がおばあちゃんから頼まれた、身寄りのない子どもたちに太鼓の演奏を聴かせてあげる日だと思い出した。一階から天野さんの声が聞こえてきた。

「史織ちゃん、起きてる？　朝ごはんだよ。顔を洗っておいで」

私はふとロボット……たしか、せいら君っていう名前、を思い出して、せいら君が置かれているちゃぶ台の方に顔を向けたが、せいら君の目は真っ暗なままだった。バッテリーが切れたのかなと、せいら君が入っていた箱を見ると、電源ケーブルがちゃんと入れられていた。それを壁のコンセントに差し込んで、一階へと下りていった。

顔を洗い終えて居間の襖を開けると、ちゃぶ台には卵焼きと焼き魚、ご飯とお味噌汁が置かれていた。

「おはよう、史織ちゃん。これだったら、大丈夫かな」

天野さんはもじもじと頭をかいた。

「……おはようございます」

そう言うと、天野さんの顔が急に明るくなった。表情を見て、ふと気がついた。

——私、あいさつできたんだ。

自分から人にあいさつしたのっていつぶりだろう。その瞬間、なんとも不思議な感覚になった。

多分、せいら君と話したことで、少しずつ話せる感覚を取り戻したのかな……。

昨晩は何も食べていなかったので、お腹が急に鳴った。恥ずかしくてお腹を押さえると、天野さんが手招きしたので、静かに座布団に座った。

「かしこまらなくていいからね、足崩してね」

天野さんは向かいで座布団にあぐらをかいている。私は楽な姿勢をした。

「さ、さ、食べて」

天野さんがそう勧めたので、両手を合わせてから箸を持ち、ゆっくりと焼き魚をほぐして口に入れた。

「……おいしい」

そう言葉を漏らすと、天野さんの顔はほころんだ。

「よかった。これは鯖なんだけど、屋久島のは大きくて脂が乗っているんだ」

久々に食べた手料理は、東京での食事とはまったく違う味がした。口の中で自然と魚の身がほろけていく。卵焼きも甘くて優しい味がした。こんな味わいの料理は、ここ数年食べたことがなかったので、なんだか心が自然と笑顔になるような感じがした。

黙々と食べている私の姿を見て、天野さんはほほ笑みながら自分の食事に手をつけた。気づけば、私はあっという間に平らげていて、びっくりした。

「子どもたちへの太鼓の演奏は十一時からだったよね。九時半には出発しようか」

食器を片づけると、出発の準備をしに二階に上がった。ちゃぶ台の上のせいら君の目が光っている。

「おはよう、せいら君」

「あ、史織。おはよう。充電してくれたんだね、ありがとう」

律儀にお辞儀をしたせいら君の頭を撫で、ボストンバッグからボディバッグを取り出して、バチとせいら君を入れた。出発時間まで壁にもたれかかり、しばらくうたた寝をしてから、天野さんの待っている車に向かった。せいら君はバッグから顔をヒョッコリとのぞかせ、まるでペットのようだ。

天野さんの車に揺られながら、東京の学校のことを考えた。今ごろ、真珠たちは元気にしているかな、私のことを覚えているかな、と。学校はけっしてつまらなくなかった。友達もいるし、勉強もそれなりに順調だった。でも、何かが欠けていた。どこに向かうのかわからないまま問題集を解き、このまま流されるように大学に進んで、社会人になる。それって本当に幸せなことなのだろうか。

雪葉の一件は、そのことを象徴していた。学校でいじめられ、それを救える人が誰もいなくて、自殺してしまった。人間ってつながっているようだけど、実は表面的なものではないか。聡美さんとの関係も、血はつながっているものの、どことなく赤の他人のようにしか思えない。家族ってなんだろう？　親ってそんなに偉いものなの？　親の言うことは絶対なの？　煮え切らない思いを頭の中でぐるぐると巡らせた。

車はこじんまりとした平家の施設にたどり着いた。玄関をくぐり抜けると、屋内では子どもたちが元気よく走り回っている。女性の職員さんが手を焼きながら、子どもたちを追いかけていた。

出迎えてくれた職員さんの一人が、私たちをホールまで案内してくれた。多目的ホールのようなその場所には、太鼓やピアノ、跳び箱や竹馬などが煩雑に置かれている。ホワイトボードにけ職員さんが書いたと思われる丸い字体で、『琴浦史織さん太鼓演奏会』と書かれていた。

「今日はよろしくお願いします。十五分後に子どもたちがやってきますので」

職員さんに言われ、せいら君を天野さんに預けた。

「きばいやんせ」

天野さんは鹿児島弁で応援してくれた。

私はバッグからバチを取り出して、手につかんだ。けれども、以前のように太鼓をたたきたいという熱い気持ちが湧いてこない。

しばらくすると、子どもたちがパラパラと散らばってやってきた。幼稚園から小学校高学年と思われる十名程度の子どもたちだ。ホールに来ても小さい子たちは、全力で追いかけっこをし、上の子たちはゲームや漫画に夢中で、私の方を見向きもしない。

「これから琴浦史織さんの太鼓演奏会が始まりますよ」

職員さんがそう呼びかけると、一瞬ホールが静かになった。あいさつをしようと思ったのだが、言葉がまったく出ない。バチを太鼓にかざそうとしたものの、なぜかブルブルと手が震えてしまい、まったく動かすことができなかった。

聡美さんのせいで、雪葉のいる公園に駆けつけられなかった。吉田さんたちと太鼓の演奏もできなくなった。結局、私は何もできないダメな子なんだ……。そう思うと、体が硬直してしまい、その場に立ち尽くした。

小さい子どもの一人が、「つまんない！」と叫んだ。それに続くように周りの子たちも騒ぎ出し、かけっこを始めた。職員さんが「こら、静かにしなさい」となだめるが、言うことをまったく聞かない。

そうこうしているうちに演奏の持ち時間は過ぎてしまった。天野さんは、せいら君を抱えながら、悲しげな顔をしている。太鼓からそっと離れ、天野さんのもとへ行くと、天野さんは無言のままそっと私の肩をたたいてくれた。

画面に映る史織の姿を見て、星空は思った。史織はもしかしたら何か大きな心の傷を抱えているのでないか。彼女はいったいどこから来てなぜそこにいるのだろう。

普通の高校生なら学校があるはずだろうし、それに、なぜ太鼓をたたけなかったのだろう。

星空は、彼女の抱えた心の闇に思いを巡らせた。

✦

6

天野さんの車に揺られながら、ぼんやりと先ほどの出来事を考えていた。今の私には、何もすることができないんだ。たとえ、聡美さんの檻の中から逃れたとしても、なくしてしまった心は取り戻すことができないんだ……。

突然、天野さんのスマホが鳴って、車を道の端っこに急停止させた。

「もしもし、天野ですが」

誰からかかってきた電話かわからないようだったが、すぐに天野さんの声が明るくなった。

「ああ、菊江さんのお嬢さんね」

その言葉を聞いて、背筋がぞっとした。菊江とは私のおばあちゃんのことだ。ということは、電話口の人は聡美さんだ。鹿児島で聡美さんと別れてから、何度か電話がかかってきていたが、一切無視していた。彼女の小言を聞くのはうんざりだったし、話したとしてもきっと会話が成り立たない。

「史織ちゃん？　ああ、元気にやってますよ。え？　代わってほしい？」

天野さんはそう答えると、私にスマホを差し出した。

「お母さんが代わってって」

私はしばらく迷ったが、しぶしぶスマホを受け取って耳にかざした。

「史織？　太鼓の演奏、終わったの？　早く東京に戻ってきなさい。そして、学校にちゃんと行きなさい」

聡美さんは、開口一番にそう怒鳴った。

私はすかさずスマホを切った。天野さんは驚いたが、私の気持ちを察したようで、しばらく無言だった。その後、小さな声で、「史織ちゃん、これからおじさんは一件寄るところがあるんだけど、ついていてくれるかな？」と尋ねた。

私は頷くこともできず、そのまま車の向かう場所へとついていった。

三十分ほどして車は、「岩川」と書かれた表札の家の前に停まった。天野さんは門を通り抜けて裏庭にまわり、大きな声で「シゲさん」と声をかけた。室内には布団に男性の老人が横たわっていて、そのそばでは四十代くらいの娘と思しき女性が看護していた。

「先生、今日もありがとうございます」

天野さんはこの家に来るまでに、自分が訪問診療をしていることを教えてくれた。島に住んでいるお年寄りを、定期的に出向いて診察しているそうだ。

「どう？　シゲさんに変わった様子はないね？」

「はい、おかげさまで」

「そう、そいじゃあ、診せてもらおうかな」

縁側で天野さんの診察の様子を眺めた。仕事姿の天野さんはいつもと違って凛々しかった。せいら君はおもむろに私の方に顔を向けた。

「人は誰でも、いつか死ぬんだね」

布団に横たわっているだけで反応のない老人を見て、せいら君はそう話したのだ。その言葉を聞いて驚くとともに、ふと雪葉のことを思い出した。あんなに楽しく一緒にいたのに突然死んじゃうだなんて……。まだ十六年しか生きていない。胸が急に苦しくなった。死ぬなんて遠い未来のことだと思っていたけど、実はそうではないんだ。たぶん目の前の老人もじきに亡くなってしまうのだろう。

……人間って何のために生きてるんだろう。

そう考えると、目の前の光景に立ち会っていることが急に息苦しくなった。そっとその場を離れ、辺りをしばらく散策することにした。

岩川さん家の敷地を出ると、一本の車道が延々と伸びていた。脇にはうっそうとした木々が生えており、ぐにゃっとねじ曲がった形をしていた。歩けども歩けども、コンビニもなければスーパーもない。ふと、おばあちゃんが病院で言っていたことを思い返し、本当に人工的なものが少ないなと感じた。民家が点々とし、時々野菜の直売所のような場所があった。スマホでマップを広げてたが、岩川という人の家を見つけることができず、帰り道を見失ってしまった。スマホの時計は、午後一時五十五分を示している。

時折見つけた脇道に入り、なんとか元の場所に戻ろうとするも、見当違いな場所に出てしまい、すっかり道に迷ってしまった。不安が徐々に募る中、遠くにペンションのような建物が見えてきた。急にお腹が音を立てると、せいら君が「お腹空いたんでしょ?」と声をかけた。私は、せいら君に返す言葉がなく、吸い込まれるようにして、その建物に向かった。

建物の前では、若い女性スタッフが掃除をしていた。玄関には、LUNCHと書かれた立て札があった。

「ランチやってますか?」

目の前の女性に尋ねた。彼女は腕時計を見て、渋い顔をすると、

「ごめんなさい、もう終わっちゃいました」

と、小さく頭を下げた。

仕方なく元来た道へ戻ろうとすると、背後から「あ、賄《まかな》いみたいなものでもいい?」という声

がした。

「賄い」という聞きなれない言葉だったが、お腹が空いていたので躊躇なく頷いた。彼女はにっこりとほほ笑むと、私を建物の中に連れていった。

玄関を入ると、大きな杉の木を輪切りにしたオブジェが置かれていた。室内は杉の木を中心にデザインされたインテリアであしらわれており、開放感のあるおしゃれな雰囲気。窓の外に目を向けると、昨日とはまた違ったマリンブルー色の海が見える。彼女は、テーブル席に案内してくれ、座っててね、と声をかけた。

五分後、彼女はどんぶりとお味噌汁を持ってきた。中をのぞくと、マグロやイカや玉子など、いろいろな具材が敷き詰められている。これが「賄い」という食べ物か――。

「普段はスタッフが食べるものなんだけど、今日は特別ね。さ、食べて」

どんぶりの中をいつまでも見つめていると、彼女はほほ笑んだ。

私は小さく「ありがとうございます」と伝え、持っていたせいら君をテーブルに置いた。

「軽くお醤油をかけるといいわよ」と教えてくれたので、言われた通り醤油をかけた。頬張ると、今まで味わったことがない美味しさが口の中に広がった。歯ごたえがあり、舌触りのいい食感がなんとも言えず、そして、久々に味わう鹿児島独特の甘い醤油が、魚の味に見事にマッチした。そのまま無言で二口三口と、黙々と食べ続けた。私の食べる姿をニコニコと見ていた彼女は、せいら君に気づいた。

「何、これ?」

目を丸くしながらそう言った。

「ロボットです」

せいら君はすかさず、返事をした。

「へー、ロボット！　時代は進化したんだね」

彼女は驚いた。

「私は、奏《かなで》っていうの。あなたは？」

「史織です、琴浦史織といいます」

優しいこの女性は白鳥奏さんといって、このペンションでアルバイトをしているそうだ。半年前に屋久島にたどり着いて、今は住み込みで働いているとのこと。私があっという間にどんぶりを平らげると、奏さんは、「よっぽどお腹が空いてたんだね」と笑った。

「あなた、東京の子？　まさか家出とか？」

私は一瞬ドキッとした。やっぱりそんなふうに見えるのかな。でも実際は半分くらい事実だから仕方がない。なんて返事をしようか迷った。

「冗談よ。気にしないで」

奏さんは、独特な高いキーの声でそう言った。すると、玄関のドアが開いて、天野さんが息を切らせながら入ってきた。

「ああ、良かった。やっぱりここだったんだね」

眉毛をたらした天野さんの額からは大量の汗が滴り落ちていた。その直後、受付の隅っこで荷物の整理をしていたペンションのオーナーらしき人が天野さんに近づいてきた。

「先生！　まさかお子さんですか？」

「うんにゃうんにゃ、こん子はおいが昔お世話になった方のお孫さん」

「そうでしたか。なんだかその子、お腹を空かせてたので、賄いを食べてもらったんですよ」

「そいは、悪かったね」

「でも、先生はずっと一人暮らしだから、こんな若くて可愛い子が来て嬉しいじゃないですか。うちのほうはバイトが一人辞めちゃったもんだから、奏ちゃんが大忙しなんですよ」

男性ははにかみながらそう話した。

「こんなとこでも、お客はけっこうくるのよ」

奏さんは、笑いながら私に話しかけた。

男性は奏さんに、おいおい、と突っ込む。漫才を見ているようで、思わずくすっと笑った。

この男性は仮屋さんといって、屋久島出身で高校を卒業してから、なんでも東京でアパレルの仕事をしていたそうだ。お父さんが高齢でペンションの経営を退いたため、三年前に屋久島に戻ってきたとのこと。天然パーマで、ちょび髭が生えていて、えんじ色のチョッキを着ている個性的なオーナーだった。

「あなた、いつまでここにいるつもり？」

奏さんは私の方を向いた。不意な質問で、返答に困ってしまった。

「バイト興味ない？　私と一緒に働かない？」

奏さんは、思いがけない誘いをした。

「そりゃ、助かる！　先生、どうですか？」

仮屋さんはすかさず天野さんの方を向き、そう言った。天野さんは、私の顔を見つめてから、渋い顔をした。

「この子は直に東京に帰るから、難しいんじゃないかね……」


仮屋さんと奏さんにお別れをして、天野さんの車に乗り込んだ。

「史織ちゃん」

天野さんはエンジンをかける前に、私に声をかけた。

「ごめんね、一人ぼっちにさせちゃって」

私は、勝手にそばを離れたことを叱られると思っていたが、逆に謝ってくれた。

「いいえ、私が勝手に離れたので……」

私は、そう答えた。

天野さんは、「賄い美味しかった？」、「あの女性のバイトさんとどんな話をしたの？」と、話しかけた。私は、「美味しかった」、「ロボットの話を……」と小さく答えた。

その日の夕飯はイワシの身をすりつぶして丸めて焼いた魚ハンバーグだった。きっと、天野さんは私のために、いろいろと食べやすい料理を調べたのだろう。魚は元からあまり好きではなかったが、わがままを言わずに出された料理を食べることにした。すると、思ったより味が濃くてイワシ独特の臭みもなく、綺麗に平らげた。

二階に上がると壁に寄りかかって、太鼓の演奏のことを思い返した。今の私には、太鼓はたたけない。そして、これからもたたけないだろう。もう太鼓をたたくことはないんだ……。

そっとバチを机の引き出しにしまった。カバンの中に入れておくといや応なしに目につく。帰るまでの間この場所にしまおう。小さくため息をつくと、せいら君が突然、話しかけた。

「バイトしてみたら？」

「え？」

せいら君からそんな話をされるとは思いもよらなかった。学校でバイトをやっている子は確かにいた。私は通塾組だったから、バイトで稼ぐという感覚を持っていなかった。でも、ここは聡美さんの目が行き届かない場所。東京にもまだ帰りたくない……。気持ちが少し揺らぎ出した。

「やってみようかな……。お金貯まったら、家を出られるよね」

「家を出たいの？」

「というか、お母さんと離れて暮らしたいだけ」

「史織はお母さんのことが嫌いなんだね」

「大嫌い！」

思わず、押し殺していた感情があふれ出し、大きな声が出た。

「消えてほしい。仕事仕事って、私のことなんかほったらかしのくせに、口うるさく人のことを束縛するんだから」

小学生の時から寂しい想いをずっとしてきた。聡美さんとお父さんとの喧嘩が絶えなかったことも思い出した。わずかな時間しか家にいない聡美さんとは、勉強以外のことで会話をすることがなかった。食事もレトルト食品かコンビニ食品。私は聡美さんから愛情を感じたいのに、彼女が操るロボットのようにしか自分のことを感じられなかった。

自然と雪葉が亡くなった晩のことを思い出した。聡美さんが、私が祭りに出るのをとがめなければ、雪葉のところに駆けつけられたのに。そうしたら、雪葉はきっと死なずに済んだはずなのに……。これも全部聡美さんのせいだ。思い返せば、鹿児島を離れて東京に行ったことも、大好きな太鼓を受け入れてもらえないことも、進学する大学を自由に選ばせてもらえないことも、いつまで経っても私は聡美さんの手のひらで転がされている。自分が情けなかった。

「……どうしたら自由になれるかな?」

思わず、せいら君にそんな言葉を投げかけた。すると、せいら君の動きが止まった。

「自由って何?」

せいら君はぽつりと私に問いかけた。さすがにAIといえども、ちょっと難しい質問だったか。

「ごめんごめん。わからないよね」

せいら君の頭を撫でた。

「じゃあ、そろそろ寝るね。私、明日バイトしたいって天野さんに伝えてみるよ」

「僕も連れていって」

せいら君はお願いしてきた。

「いいよ、私一人だと心細いし」

そう答えて、私は部屋の明かりをそっと消した。

✦

星空は、靖子の目をうかがいながらバレないように分身ロボットを操作していた。二日目にしてロボットの操作の仕方をほぼ理解でき、得意になっていた。

人間であると秘密にしているので少し後ろめたかったが、史織が素直に話している姿を見て、これも一種の人助けではないかと思えた。もし会話の相手がＡＩではなく、人間だと知ったら、史織は愕然とするに違いない、だから最後まで人間であることを内緒にしよう、いずれは別れる運命なのだから。

それ以上に、史織のことが気になった。星空が住む島とはまったく違う都会の暮らしをしている少女が、同じように親子関係で悩んでいることに驚いた。星空は、しつこく干渉してくる靖子にうんざりしていたが、史織は逆でほったらかしにされているらしい。

背景は違うにせよ、苦しみを抱えながら生きている史織を、ほうっていられなくなった。すでに分身ロボットは、外の世界とつながる必需品になりかけていた。

7

今日からペンションでアルバイトをすることにした。ペンションは、テラスから見える海を象徴するように「マリンブルー」という名前だった。初めてのバイトで不安だったが、せいら君の応援に少しだけ勇気をもらった。目標はお金を貯めて、一人暮らしへの自立に少しでも近づくことだ。

家を出る時、天野さんは車で送ろうかと言った。訪問診療の仕事がある天野さんをいつまでも運転手代わりに使うのは申し訳ない。そこで、せいら君と一緒に歩いていくことにした。マリンブルーまでの道中は幸いスマホがつながる道だったので、マップのアプリを見ながら向かった。歩きながら、この島の生活が、なんだか少しずつ当たり前のように思えてきた。確かに不便なところもあるけれど、なければないなりに生活ができてしまう。

せいら君との会話もだいぶ慣れてきた。例えば、「せいら君は何歳なの?」と尋ねると、「十八歳」と答えたので、「へー、実は私と年近かったんだー」と思わず笑った。

そんなたわいもない話をしていると、三十分の道のりもあっという間に過ぎ、マリンブルーにたどり着いた。玄関では、奏さんが昨日と同じように庭を掃除していた。

「おはよう！　オーナーから聞いたわよ。今日からよろしくね！」

満面の笑みで迎えてくれた。奏さんは、私の背後に回って背中を押しながら跳ねるようにスタッフルームに連れていった。

スタッフルームでは、仮屋さんが帳簿とにらめっこをしていた。私に気がつくと、「おお、よく来たね！」と近くにあった椅子を差し出して、座ってと勧めた。

私は、タイムカードのつけ方や、お客さんへのあいさつの仕方を一時間程度教わった。たどたどしい私のあいさつを見て、仮屋さんは、少しずつ慣れていくといいね、と苦笑いをした。

仮屋さんは、せいら君を見つけて、このロボットは可愛いから受付に置かせてもらおうかな、と尋ねた。私がせいら君に「いい？」と尋ねると、「うん」と頷いた。早速受付に置くと、これが意外にも空間に馴染んだ。

お客さんがやってくると、ちゃんと「いらっしゃいませ」と受け答えをし、それを見たお客さんは思わず歓声を上げた。その光景を眺めていた仮屋さんは、「こりゃいいわ」と上機嫌だった。

奏さんは、お風呂掃除やベットメイキングの作業をしに客室へと向かった。仮屋さんからは、今日は簡単な仕事から始めようね、とまず食堂の掃除を任された。私は、手渡された掃除機を使って、花瓶やオブジェの周りを掃除した。掃除機をかけていると、花瓶の周りに置かれていたインテリアの無数のおはじきが掃除機に勢いよく吸い込まれた。慌てて掃除機を振り上げると、ちょうど様子を見にやってきた仮屋さんのもじゃもじゃ頭の髪を吸い込んでしまった。

「いててっ！」

吸引力の強い掃除機なために、仮屋さんの髪が引っ張られたまま抜けなくなった。仮屋さんは「史織ちゃん、早く電源を切って」と叫んだので、慌てて掃除機の電源をオフにした。息を切らした仮屋さんは、「僕がカツラでなくてよかったね」とチョッキについたほこりを両手で払っておどけてみせた。仕事を始めた直後から恥ずかしい失敗。思わず赤面した。

掃除が終わると、次に受付の電話番を任された。電話が来たら、お客さんが宿泊したい日にちを確認して、カレンダーに名前と人数を書き込んでいく。これなら私でも簡単にできそうだ。

五分ほど座っていると、早速電話が鳴った。ところが、電話は宿泊客からではなく、宅配業者からだった。電話口の人が「仮屋さん、いらっしゃいますか？」と尋ねたので、私は「仮屋さんですね」と返事をした。

「史織ちゃん、そういう時は仮屋でいいんだよ」

仮屋さんは慌てて教えてくれた。

言われるがまま、咳払いを一度して、仮屋さんに「仮屋、電話！」と受話器を渡した。

仮屋さんは、目を丸くして固まった。何か失礼なことをしたのかな？

「仕事相手に身内の名前を伝えるときは敬称をつけないんだよ」

電話が終わると、仮屋さんはそう丁寧に教えてくれた。

そんなことは学校や塾では教えてくれないよな。日ごろ勉強していることがとても限られたものだと思った。

午前の作業が終わりランチタイムになるので、私は仮屋さんや奏さんよりも先に昼ごはんを食べるように勧められた。厨房の隅っこに座らされ、厨房のスタッフさんから、この前とは違う賄いが差し出された。鶏肉と卵と椎茸を混ぜたご飯。スタッフさんから、これは鶏飯《けいはん》っていうんだよ、と教えてもらった。そういえば、小さいころ、おばあちゃんが時々これを作ってくれてたなあ。懐かしい記憶がよみがえった。

賄いを食べ終えると、食堂にいるお客さんへの料理運びを指示された。奏さんは手際よくお客さんにオーダーを聞いていき、スタッフさんに伝えている。さすがな手際良さだ。私は、調理された料理を順番通りにお客さんに渡していった。仮屋さんから、「慌てなくていいから、丁寧にね」とアドバイスが入り、一つひとつのお皿を間違えないように慎重にお客さんの元に運んだ。

午後一時半が過ぎると、お客さんの数も減っていき、仕事の慌ただしさも次第に落ち着き始めた。

「いったん、この場所を離れるね」

奏さんはそう言うと、食堂を立ち去った。

食堂をのぞくと、そこにはお客さんが三人いた。二人は談笑をしていて、もう一人は新聞を読んでいる。その様子を見て、一安心とホッと一息ついた。新聞を読んでいたお客さんが「ちょっと、いいかな」と声を上げた。「はい」と近寄ると、強面で頭にねじり鉢巻をしたおじさんだった。

「アイスコーヒー、お代わり」

おじさんは空いたグラスを差し出した。

「わかりました」

返事をして厨房に向かった。厨房では、スタッフさんが二名とも大量の皿の後片づけをしていた。

「あのー、アイスコーヒーのオーダー入りました」

「あ、冷蔵庫に入っているから自分で入れてくれる？」

冷蔵庫を開けて、透明なプラスチックの容器に入っている黒い液体を見つけた。それをグラスに慎重に注ぐ。強面のお客さんだから遅いと怒られる。急いでお客さんの元に戻って、グラスを差し出した。

「ありがと」

お客さんは、そう声をかけてくれた。私は胸をなで下ろして、厨房に戻ろうとした。そのとき、私の背後で、お客さんは口に含んだ飲み物を勢いよく吐き出した。

「なんだこりゃ！」

私は訳がわからず気が動転して、思わずテーブルに置いてあった台ふきんでお客さんの口元を拭いてしまった。仮屋さんが慌ててやってきて、私を制止した。

「史織ちゃん、それはテーブルを拭くふきんだよ」

スタッフさんが厨房から飛んできて、容器を私に見せた。

「もしかして、これ入れたの？」

そこには「麺つゆ」というシールが貼られていた。アイスコーヒーはこっちの紙パックだよ、ともう片方の手を掲げた。お客さんに何度も平謝りをしている仮屋さんの横で私は肩身が狭かった。

その後、いろいろなミスを繰り返しながら、あっという間に午後五時を迎えた。今日の仕事はこれで終わり、と仮屋さんから告げられたが、自分で把握している限りでも、少なくとも十回は人に迷惑をかけてしまった。

学校では、勉強も先生からの頼まれごとも、問題なくこなしていたのに……。こうして実際に仕事をしてみると、勘違いや思い込みで失敗することがたくさんあることにショックを受け、げんなり疲れ果ててしまった。

ペンションを出ると夕暮れがさしかかっていた。仮屋さんは「初日、よく頑張ったね」と優しい声をかけてくれた。奏さんも「ゆっくり休んでね。明日もよろしくね」と私の肩をたたき、そしてせいら君の頭を撫でた。

天野さんの家に戻ると、すぐにお風呂とご飯を済ませて二階に上がった。

「バイトどうだった?」

天野さんは、しきりに気にかけてくれたが、私は疲れ切って今日の出来事を伝える気力がなかった。

部屋に戻ると、思わず、「疲れたー」と叫んだ。そして、勢いよく床に腰を下ろして自分の足をさすった。「足、ガチガチだよ」とつぶやくと、せいら君は、「お疲れ様」と言った。

「ロボットはいいよね、体を動かさなくていいんだから」

せいら君の呑気な発言を受けて、皮肉っぽく伝えた。せいら君からの返事はなく、処理が重くなったのかなと思い、「どうした？」と話しかけた。せいら君は数秒後に、「僕だって動きたい」と嘆いた。

「動いてるじゃん」

私は、思わず笑ってしまった。というのも、明らかにせいら君は、頭や手のパーツを動かしているからだ。

「僕には、夢がある」

せいら君は、また不思議な話題を切り出した。

「夢？」

「宇宙飛行士……」

その言葉の言い方はどこか悲しみを帯びていた。

「宇宙飛行士か。ステキだね。宇宙飛行士になったらどこまでも飛んでいけるんだよね」

「限界があるよ」

「天の川とかいけるかな」

ふと口にした「天の川」という言葉に、昔のことを思い出した。あれは、たしか幼稚園のころ、飛行機を使って家族で旅行をしたことが一度だけあった。どこだったか忘れたが、そんなに遠くない鹿児島のある島だったような気がする。そこで見上げた天の川がとても綺麗で思わず、「あのお星様がたくさん見えるところまで行けるかな」と尋ねた。

聡美さんは、「あれは、天の川っていうのよ」と教えてくれた。

お父さんは、「史織が大きくなったらきっと行けるよ」とほほ笑んだ。

思いがけずよみがえってきた家族との楽しい思い出。両親が離婚して以降、お父さんとは一度も会うことはなかった。複雑な事情はわからないけど、お父さんは元気にしているのかな、どこかで会うことができるかな……。

せいら君は意気揚々と専門的な解説を始めた。

「無理です。僕たちが住む太陽系も天の川銀河の一部で、今見えている天の川の中心まで行くとすると約二・五八光年、キロメートルにすると二十四・四兆キロメートルも……」

「はいはい、わかりました。夢がない男の子は女の子に嫌われますよ」

せいら君に意地悪を言ってみた。せいら君はすぐに、「ごめん」と謝ったので、意外と素直な一面があるんだなと思い、思わず笑った。

「太鼓はもうたたかないの？」

せいら君は、またもや意外なことを言い出した。

「太鼓……」

忘れていたフレーズを思い返して、私は言葉を失った。

「たたかないと思う」

今の素直な気持ちをせいら君に伝えた。

一階から天野さんが、「史織ちゃん、明日も早いから夜更かしはダメだよ」と声をかけた。

「はーい」と伝えると、「せいら君、おやすみ」と言って、そのまま布団に入って横になった。

✦

星空は、いつの間にかロボットを演じることに慣れていた。言葉遣いも声の抑揚も、人だとわからないように変えることができた。

ペンションの受付でお客さんを出迎えて、「いらっしゃいませ」と話しかけると、「あら！ ロボットにお出迎えされちゃった」とお客さんは喜んだ。その光景を画面越しで見ながら、少しだけ高揚感を抱いた。

星空は史織のことに思いを巡らせていた。誰からも隔離されている状況がどれだけつらいかを史織は知らないんだ。「早く自由になりたい」と言うが、君は十分自由じゃないか。

「不自由」とは、自分のように一人では何もできない状態をいう。親の締めつけがあったとしても、史織は自分が好きなように行動できる、歩くことができる。それはとても幸せなことなのに……。

星空は、こんな体では宇宙飛行士に絶対なれないとわかっていた。だからこそ史織の考えがとても甘く感じられた。自分の世界がすべてだと思っている史織。これからバイトでどんなふうに変わっていくか。彼女の目を通して世界を見たいと思う以上に、彼女から目が離せなくなっていた。

8

私は辛抱強くバイトを続けた。少しずつだけれど、仕事の要領を覚えていった。鹿児島に着いて数日は声をうまく出せなかったが、それも少しずつ治っていき、自分からあいさつができるようになっていった。すると、スタッフさん誰もが、元気にあいさつを返してくれた。お客さんも「あら、若いのに感心ね」と、よく褒めてくれた。

仕事ができるようになってくると、奏さんは私に新しい仕事を任せるようになった。ベッドメイキングからお風呂掃除など、体力を使う仕事が徐々に増えた。私が来るまでは、奏さんが一人でこなしていたのかと思うと、可愛らしさ以外の側面を奏さんに感じた。

もうすぐ午後四時。新しいお客さんのチェックインを迎えるので、清掃道具を片づけに収納スペースへと向かった。

中を開けると、隅っこに風呂敷を見つけた。大きな何かを覆っている。体育座りをした大人くらいの大きさの物体。一瞬、鎧か熊の置物かなと思ったが、めくってみると、二尺の長胴太鼓だった。忘れようとしていた太鼓が目の前にある。背筋がぞっとした。見てはいけないものを見てしまった。すぐさま風呂敷で太鼓を覆った。

夕食の時間も過ぎ、今日もなんとか終わったので、スタッフルームで一人ぐったりしていた。明日はお休みだから帰ったら思うぞんぶん寝るんだと考えていると、食堂の方から軽快な音楽が聞こえてきた。優しいアコースティックギターの音色。なんだろうとおもむろにスタッフルームの扉を開けて、食堂をのぞいた。

お客さんがぎっしりと座っていて、仮屋さんや厨房のスタッフさんも後方に立っていた。その光景を不思議に思い、みんなが顔を向けている方向を見ると、明るく華やかな衣装を着た奏さんがギターを持って立っていた。

「え？　何ですか？」

「あ、史織ちゃんも良かったら聴いていって」

仮屋さんはそう言った。

奏さんは、静かに椅子に腰掛けると、軽快で可愛らしいポップな歌を歌い始めた。初めて見る奏さんの歌う姿に、呆然と立ち尽くした。

——奏さん、こんなに魅力的な歌を歌うんだ。

奏さんは、続けざまに何曲か歌い上げた。時間が過ぎるのもついつい忘れて、彼女の歌声に聴き入った。曲が終わるたびに、お客さんから盛大な拍手が起きた。

あっという間に五曲の演奏が終わり、お客さんは満面の笑みで各々の部屋に戻っていった。お客さんがいなくなった食堂で、思わず奏さんに駆け寄った。

「すごいじゃないですか！　プロみたいですよ！」

興奮のあまり大きな声を上げてしまった。

「お、今までで一番元気じゃん！」

奏さんは、そう言いながら、私の頭を撫でてくれた。仮屋さんが私たちの近くにやってきた。

「彼女は全国を行脚しながら、こうしてライブをしているんだって。それで、偶然屋久島に来て、ここでバイトするようになったから、週に一度ライブをしてもらってるんだよ」

仮屋さんは笑いながらそう言うと、スタッフルームに消えていった。

「やっぱり、プロを目指してるんですよね！」

興奮を抑えられずそう尋ねた。

「私はプロにはならないの。このスタイルが好きなんだ」

奏さんは、なぜだか少し悲しげな表情を浮かべ、小さく笑った。

✦

聡美は研究室でイライラしていた。

史織が東京を離れてすでに一週間が経とうとしている。いつからあんなに言うことを聞かない子になってしまったのか、やはり入れる学校を間違えてしまったのだろうか。いじめで自殺が起きるような学校であれば、きっと変な友達と付き合っているに違いない。だから、あんなにひねくれてしまったのだ。

東京に来てから数年が経ち、聡美は大学の准教授から教授へと昇進した。昔から人一倍負けず嫌いだったので、性別で区別されるのをとかく嫌い、誰よりも成果を出すことを重視してきた。多忙な学会発表に加えて、最近ではメディアの取材も増えてきたため、今が仕事に一番やりがいを感じていた。

聡美の父親は、鹿児島県で副知事まで上りつめた人だった。仕事熱心で人望が厚く、高学歴ではなかったものの仕事の関係で家には遅くまで帰らない人間だった。聡美は父親から、自分は学歴がないためとても苦労をした、とよく聞かされた。一人娘には苦労をさせたくないと、聡美を鹿児島市で一番優秀な県立高校に通わせて、その後、東京の大学に進学させた。

菊江は干渉せず、自分の好きなようにしなさいと言って、娘の歩む人生に一切口出ししなかった。進学した工学部は、在籍する女性の数が男性に比べて圧倒的に少なかったが、当時の、女性なら文系という発想が嫌いで、あえて工学部を選んだ。もちろん、数学が得意で論理的に機械を組み立てるのが好きだったことは言うまでもないが。サークルに入らずひたすら猛勉強し、大学を首席で卒業した。

大学卒業後、そのまま大学院に進学して、博士号を取得した。そのころ、父親が副知事在職中に他界したので、聡美は独り身の母に寄り添うべく実家の鹿児島に戻り、地元で就職先を探した。運良く大学院時代の担当教官の友人が鹿児島の大学にいたので、難なく就職先を見つけることができた。

高校時代の同窓会で、昔のクラスメートと再会し、数ヶ月後に結婚した。元夫は弁護士だった。彼の職業と家系がしっかりとしていることを最優先に結婚を決めたが、お互いに仕事が忙しくなり、すれ違いも多くなっていった。結婚してすぐに史織を授かったが、史織が成長していくうちに元夫と一緒にいる時間がほとんどなくなり、史織が小学校二年の時に離婚した。

聡美は、ひたすら努力して今の自分になることができたことに強い自負を抱いていた。加えて、現状に対して何も不満を感じていなかった。

結婚した夫婦の三分の一が離婚する時代。シングルマザーでも気にならなかったし、何より一般男性よりも収入を得ていることに誇りを持っていた。そして、唯一の家族である娘、史織の存在をとても大切にしていた。私がこんなに頑張れたんだから、娘だって頑張れば私のようになれる。今の時代は、一人で生きていくために知識をたくさん身につける必要がある。それをわかってほしくて、早い時期から塾にも通わせたし、生活も不自由させていない。それなのに、自分の気持ちをわかってくれない史織に複雑な気持ちを覚えた。

聡美は、テレビ局の取材を終えて、次の学会発表の打ち合わせに向かった。移動中のタクシーで何度も史織に電話をかけたがつながらない。天野にかけても、元気にやっていますよ、と呑気なことを言われてしまう。

史織を早く学校に戻らせたかった。その理由は二つあった。

一つは高校二年の夏が過ぎ、受験勉強が本格化する中で、周りの子たちに遅れを取らせたくないということ。現役で有名大学に入ってもらい、上場企業に入ってもらうか、もしくは大学の研究者になってもらいたい。

　もう一つは周囲の視線だった。不登校ということが少しずつ大学の関係者や学生たちに知れ渡っているような気がしていた。近所付き合いはまったくなかったのでその点は大丈夫だが、大学という狭い世界では、周りの評価が教授のブランドにつながる。メディアに出て注目される立場でもあるので、いや応なしに周囲の視線や噂に敏感になった。今のところ仕事上で大きな支障はないものの、私的な部分で子育てに失敗しているという印象を与えたくない。

　タクシーを降り、急いで会議室に入ると、すでに他大学の教授陣が席に着いていた。オンラインシステムで、地方や海外の先生たちの顔もモニター越しに映し出されている。

　慌てて席に着くと、先にいるはずの助手の姿が見当たらない。自分が遅れるので、先に会議室に着いて資料を渡しておくように指示していたのだが……。助手がこの場にいないことに怒りがこみ上げた。

「すみません、すぐに助手に電話します」

　電話をしてもつながらない。他の先生たちに平謝りをしながら、苛立ちを隠せなかった。遅刻の報告すらしてこない助手への憤りは、時間とともに加速していった。

　聡美の到着から十分後に、会議室のドアが勢いよく開き、助手が大きな鞄を抱えて入室してきた。

「先生、すみません」

「何？」

「電車の人身事故で三十分遅れまして」

「だったら報告しなさい」

「スマホの電源が切れてしまって……」

「言い訳するなんて恥ずかしいわ」

聡美は、部屋中に響きわたるような荒々しい声を上げた。助手は必死に頭を下げている。

「まあ、琴浦先生。そのへんで……」

その光景を見かねた年配の教授が声をかけた。助手は半分涙目になりながら、大慌てで資料を配布した。

「失礼しました。きつく指導しますので、今回だけは……」

「それより、琴浦先生」

先ほどの年配の教授が言葉を続けた。

「この前ご提出いただいた論文の原稿ですが、計算結果がいくつも間違っていましたよ」

「え？　そんな。何度も確認したはずなのですが」

聡美は助手が配布している資料を急いでめくり返した。

「ほら、三ページのテンソル計算。それに四ページ、六ページ、他にも……」

「あまりに数が多かったので、こちらですべて直しておきました。締め切りもだいぶ近いものですから……」

他の先生が、付け加えた。

「先生、最近お疲れではないですか？　少し休息を取られた方が……」

モニターに映っている若い研究者が、眉をひそめて聡美に話しかけた。あまりのショックで、その後の会議でまったく発言できなかった。


その日は早く仕事を上がり、帰宅の途に就いた。

家の玄関を開け、誰もいないリビングの電気をつける。スマートスピーカーから「史織、お帰りなさい」と流れたので、「ストップ、ボイス」と指示を出した。「今後は、人物を細かく認識できるように改良しないと……」とつぶやきながら、ソファーにもたれかかった。手のひらを頬に当てながら、誰もいない室内をぼんやりと眺めて、自分の過去を振り返った。

東京に引っ越したのが、ちょうど五年前。大学の厳しい研究争いに負けじと、毎日全力でやってきた。が、ここに来てある疑問が生まれた。知らぬ間に私の周りからいろんなものが消えてしまったのではないか。確かに、教授に昇進し、給与はもちろん、地位や名誉も上がった。けれども会議の後に助手が、泣きながら辞めますと言った。自分が正しいと思った選択は、本当に正しかったのだろうか……。人形のように魂が抜けたような姿でうなだれている。

無機質にいつまでも鳴り響く冷蔵庫の音は、まるで彼女の心の状態を表しているようだった。

聡美はゆっくりと立ち上がり、史織の部屋に向かった。部屋の電気をつけ、長らく使われていない勉強机を右手でそっと触った。机の上のコルクボードに気がついた。史織の大切な思い出と思われる写真がびっしりと貼られている。この写真になぜ今まで気づかなかったのか驚きながら一枚一枚眺めていった。菊江と一緒に太鼓を練習している写真、鹿児島のお祭りで太鼓を楽しんでいる写真、鹿児島県内の演奏会で太鼓をたたいている写真。見てみれば、飾られている写真のうちの半分以上に太鼓が写っている。そして、何よりショックだったのは、聡美が写った写真が一枚もないことだ。

史織にとって私は、果たして良い母親なのだろうか……。

写真を一通り見終えると、今度は観音開きのクローゼットをゆっくり開けた。史織の制服や私服の片隅に、紅白の鮮やかなはんてんが掛けられており、側に太鼓のバチが立て掛けられていた。それを見てしばらく立ち尽くしたが、首を横に大きく振った。

――私はけっして間違ってはいないんだ、今はただ反抗期なだけなんだ。

そう自分に言い聞かせてクローゼットを強く閉めると、逃げるように史織の部屋を出ていった。

9

マリンブルーでバイトを始めてから初めてのお休み。十時近くまで布団の中にくるまっていた。

カタカタと音がしたので、まぶたをこすりながらゆっくりと起きると、せいら君が片手を上げて、「よく寝ていたね」と話しかけた。「おはよう」と声をかけて、そのまま一階に下りていった。

顔を洗い、居間に向かうと、天野さんの姿が見えなかった。

「天野さん？」

尋ねても人の気配はなかった。視線をちゃぶ台に落とすと小さなメモが置かれていた。

一週間よく頑張ったね。疲れていると思って、そっとしておきました。夜は、町のお偉いさんたちとの会合なので遅くなります。お夕飯は肉じゃがが鍋にあります。後、エビを冷蔵庫に入れたので、それを食べてください。夜更かししないようにね。

メモの脇には、目玉焼きと焼かれたサンマがラップに掛けられている。手を合わせて、いただきますをして箸をつけた。少し冷めていたが、サンマは脂がのっていて身が柔らかく香ばしかった。今まで魚は嫌いだったけれど、こんなにも奥深い味がする。目玉焼きも東京で食べる卵と違って味が濃い気がした。

島に来た当初は出される食事に抵抗があったが、今では食事の時間が楽しみで仕方ない。食事をしながら、食卓で誰かと食事をしたのはおばあちゃんと暮らしていた時が最後だったよな、とふと思い返した。

ご飯を食べ終えると、午後は島を散策してみようと考えた。せいら君に「散歩に行ってくるね」と伝えると、両手をバタバタさせて、「僕もついていく」と駄々をこねた。あまりにごねるので、仕方なくせいら君をバッグに詰め込んだ。

バイトに向かう方向とはあえて違う道を選んだ。人が誰もいない畑のあぜ道を歩いていくと、大きな川に架けられた橋にたどり着いた。橋の下をのぞくと川が流れており、小学生くらいの子どもたちが声を上げながら水遊びをしている。橋の端っこに川に続く細い坂道があったので気をつけながらそこを下った。

子どもたちは魚釣りの竿やバケツを持っていて、川の魚を捕まえようとしていた。私に気づくと、「お姉ちゃんもやる？」と尋ねてきた。と同時に、せいら君に気がつくと、「何それ！」と小魚のようにいっせいに私の元に群がった。すっかり人気者になったせいら君は子どもたちの質問攻めにあいながら、「こんにちは」とか、「僕はせいらです」と気前よく応じていた。

子どもたちの大はしゃぎがいっこうに終わらないので、「お姉ちゃんたち、行くところがあるから、またね」と強引にその場を立ち去った。

「子どもは無邪気でいいよね」子どもたちから離れると、せいら君は言った。

「そうだね」

「史織は子どものころは、どんな子だったの？」

せいら君の質問に、記憶の糸をたどっていった。鹿児島にいたころは、女の子の友達ももちろんいたが、しょっちゅう男の子と遊んでいた。鬼ごっこやケイドロをやって泥んこになって帰宅したことを思い出した。

「小さいころは、やんちゃだったよ」

「意外だね」

せいら君は驚いた。

いつから性格が変わったんだろう。今の私は自分らしい私なんだろうか。東京に住んで知らない間に何か大切なものをなくしてしまったのかな。

歩いている途中、せいら君は何度か音信不通になった。島の随所でインターネット回線がつながらないためのようだ。万能に思えるロボットでもこういう島では弱点があるらしい。周囲に観光客の姿が少しずつ増え始めると、せいら君の通信も復活した。

観光客の行き先をたどると、少しずつ滝の音が聞こえてきた。「千尋の滝」という看板が立てられている。聞き漏れてくる話から、宮崎駿監督の「千と千尋の神隠し」の名前の由来になった滝だということがわかった。

滝に近づけるぎりぎりのところまで人がたくさん寄せ集まっていた。人混みの隙間をくぐり抜けて、ようやくV字型の山あいに雄大に流れる滝を見ることができた。ちょうどその時、滝をまたぐように虹がかかり、私もせいら君も思わず「おお！」と歓声を上げた。

帰り道は歩き疲れたのでバスを使おうと考えた。バス停を見つけるまで一苦労だったが、時刻表を見てさらに驚いた。一時間に一本しかバスが通っていないのだ。目を丸くしていると、ちょうどバスが到着したので、慌てて乗り込んだ。この島は丸い形をしていて一本の道路が島の外形をなぞるように続いている。バスに揺られながらいつの間にかうたた寝していた。気がつくと天野さんの家の近くだった。

天野さんの家に着くと、二階にせいら君を置いてお風呂の準備をした。昔ながらのお湯の沸かし方で、水を入れてからガスをつけて温度を調節する仕組みだ。自宅だとボタンを一つ押せば何もせずにお風呂が沸く。この点はとても不便だなと思った。

お風呂が沸くまでの間、台所に行って夕飯の準備を始めた。冷蔵庫には皮が剥かれた大きなエビが三匹入っていた。二匹を天ぷらにして、一匹をお刺身にしよう。スマホで料理を解説している動画を見つけ、その通りに材料と調理道具を揃えていった。小麦粉と片栗粉とサラダ油。台所を物色して、食器棚の下からそれらを引っ張り出し、天ぷらを揚げる準備をした。

自分で料理をするなんて初めてだ。緊張しながらフライパンに油を注ぐ。試しに一匹揚げてみようと、動画の通りにエビに粉をつけて揚げてみた。一分ほど待ち、菜箸でエビをつまむと、こんがりと良い感じで揚がったので得意げになった。

お風呂に入って、食卓に料理を並べると見事な夕飯が出来上がった。誰かに自慢したくなって、思わずせいら君を二階から持ってきた。せいら君はその光景を見て、「すごいじゃん！」と褒めてくれた。せいら君は、しきりに食べたいとせがんだ。

「ロボットだから無理ですね」

いじわるな子を演じて顔をにやつかせながら、エビフライを口にした。

カリッ。

豊潤なエビの香りが口いっぱいに広がり、衣もサクッと小気味良い食感だった。自分で作る料理がこんなにも味わい深いものだなんて。食べながらなぜだか涙がしたたり落ちた。

あっという間に平らげて、台所で食器を洗っていると、せいら君の声が聞こえた。手を拭きながら、なになに?と居間に戻ると、せいら君の腕は整理ダンスの上を指している。カラフルな何かが置かれている。なんだろうと思いながら背伸びをしてつかんでみると、花火だった。

「花火！」

思わず、大きな声を上げた。

花火なんてやったのいつぶりだろう。せいら君をじっと見つめた。

「やる?」と尋ねると、すぐに「もちろん」と返ってきたので、ニンマリして天野さんに電話をかけた。

✦

星空は最近タブレットに食らいつくような生活をしていた。

自暴自棄になっていた星空にとって、屋久島の風景は新鮮で、実際に外へ出向いて旅しているような感覚だった。史織という年齢の近い子と何気なく会話することで、内向きな気持ちが少しずつ解きほぐされていった。

　事故があってから会う人といえば、靖子か病院の関係者しかいなかったので、どうしても自分だけが置いてきぼりにされている感じがしていた。遠隔とはいえ一緒にいて楽しい人と過ごすことで、心に覆いかぶさった殻が少しずつ剥がれていくような気がした。孤独な悩みを抱えているのは自分だけではない。苦しいのは自分だけではない。少し勇気をもらえた気がした。悩みを抱えている同世代が他にもいる。そんな人とのつながりを通じて、未来に向けてちょっとだけ進もうという気持ちが芽生えていった。

　唯一、もどかしく思ったのは、史織が美味しそうに食べている時に、自分が一緒に食べられないこと。どんな味がするんだろう、どんな匂いがするんだろう、どんな食感なんだろう。そんな衝動に駆られると、さまざまな想いがあふれてくる。自分も外に出てみたい、史織と会ってみたい、やっぱり対面で会うと印象が違うのかな……。そして、ほんとうの自分の姿を見たら史織はどう感じるのだろうか、とも考えた。

　前に進んでいきたい自分と、それを拒もうとする弱い自分が心の中で闘っていた。

10

天野さんに電話で花火のことを伝えると、「そんなもの、よく見つけたね」と驚いていた。数ヶ月前に、夏祭りの景品として当たったのだが、天野さんがそれを一人でやるはずもなく、タンスの上に乗っけたままになっていたらしい。

「水を用意して、十分気をつけるんだよ」

「わかりました」

天野さんにそう答えると、せいら君に向かって首を縦に振った。

お風呂場からバケツに水を汲んできて、埃のかぶった花火の袋を手で払い、切り込み口から袋を開けた。色とりどりの花火が出てきて、小学生のころに戻った気分がした。ライターで花火に火をつけると、勢いよく火花が飛び散った。その瞬間、せいら君と一緒に歓声を上げた。こうしてここで花火をしている。不思議な感覚だった。

――私、もしかして、自然と笑顔になれてる？

ふと思った。すると、せいら君は頭上に向かって腕を上げて叫んだ。

「史織、見てごらん」

見上げると、そこには見渡す限りのまばゆい星が空いっぱいに広がっていた。

「わ、なにこれ！」

いまにも地上に落ちてきそうな星。その幻想的な世界に、思わず口を開けて固まった。十日近くこの島にいるはずなのに、星がこんなにも綺麗だなんてまったく気づかなかった。

……そっか、私はずっと下ばかり向いてたんだ。

近くにはこんなにも素晴らしい光景が存在してたんだ。

最初の花火が燃え尽きると、次の花火に火をつけながら、せいら君に話しかけた。

「私ね、太鼓は好きなんだよ」

空を見上げていたせいら君は、ゆっくりと顔を向けた。

「でも、東京に引っ越した時に、聡美さん、お母さんにやめなさいって言われた。私は聡美さんに内緒でこっそり中学で和楽器部に入って太鼓を続けていたの。高校に入ってからは太鼓をやれる部活がなくて、しばらく太鼓をたたいていなかったんだ。聡美さんは、いい大学に入りなさいって、血眼になって私を塾に入れた……。でも、進学とか将来とか、今の私には何にも見えなくて……。早く自由になりたい」

話すつもりでなかった心の内を知らぬ間にせいら君に話していた。

星空は、史織が話した、自由になりたいという気持ちが理解できなかった。

確かに母親に束縛された状況から早く抜け出したいだろうが、けっして彼女は不自由ではない。自分の身体を自由に動かすことができ、自分の意志で未来を切り開くことができるのだから。綺麗な景色を直接見ることができ、温かい人に囲まれ、バイトまでこなせる。

星空は、自分の下半身を見つめて拳を握りしめた。こんな自分では、他の人と同じように出かけることもできない。仕事に就いても、きっとやれる内容は限られてしまう。そして……憧れだった宇宙飛行士には、絶対になれない。史織の言葉が妬ましく、悔しかった。

✦

「不自由なんて何一つないじゃないか」

せいら君が突然、強い口調で私に話しかけた。

「……せいら君?」

一瞬故障かなと思い、せいら君を回転させながら、おかしなところがないか調べた。

「史織は、自由じゃないか」

その瞬間、せいら君に違和感を覚えた。何が起きたのかわからず戸惑っていると、

「……僕なんかよりずっと」

すると、女性の声がせいら君から聞こえた。

「せいら？　何しているの？」

「何勝手に入ってんだよ！」

戸惑いは一変して、大きな恐怖へと変わった。このロボットは人工知能ではない。ＡＩだと思って話しかけていたけれど、これ人間だったの？　背筋が凍った。

頭が錯乱する中、ロボットから口論が聞こえてくる。

「まさか、私がなくしたロボット？」

「だからなんなんだよ！」

「何、母さんに隠して！」

「いいじゃんかよ！　僕の勝手だろ。母さんには、僕の気持ちなんかわからないんだよ」

叫びたいほど恐ろしくなった。見ず知らずの人と一緒に過ごしてたんだ。そのうえ、自分が隠していた胸の内を聞かれてしまった……。

「……誰？」

振り絞るように目の前のロボットに声を発した。

「……史織？」

戸惑う声で、ロボットが言った。

「あなたは誰なの？」

――これは、いったいどういうこと？　あなたは私の心を盗み聞きしていたの？

身体の力が一気に抜けた。ロボットは両手から滑るように地面に落ちていった。私は放心状態で立ち尽くした……。

しばらくして我に返ると、地面にロボットがバラバラになって転がっていた。ゆっくりとしゃがんで、壊れたロボットを両手ですくい上げた。怒りと悲しみの入り交じった感情が私を襲った。

――どうしてだましたの？　私は、いったい誰を信じたらいいのよ！

聡美さんのこと、雪葉のこと、そして、せいら君のこと。思いが一気に頭を駆け巡り、とめどなく涙があふれた。この世の中は自分に苦しみしか与えない。こんな人生はもういや。全部消えてしまえばいいのに……。

ちょうどその時、天野さんが帰ってきた。地面にうずくまり泣きじゃくっている私を見つけて、飛ぶように駆け寄った。

「どうしたの？　史織ちゃん！　どうした？」

天野さんは、着ていたジャケットを私にかぶせると、私の背中をさすりながらゆっくりと家の中に連れていった。

✦

「不自由なんて何一つないじゃないか」

「せいら君？」

「史織は、自由じゃないか？　僕なんかよりずっと」

星空は思わず、素で話した。画面には史織の顔がアップで映り、星空は無意識に自分の感情をさらけ出してしまったことに気づき、後悔した。突然、部屋のドアが開いた。靖子だ。

「星空？　何しているの？」

勝手に部屋をのぞかれた星空は、一瞬にして怒りが込み上げた。自分の気持ちを考えずに一方的に干渉してくる靖子への我慢が限界に達した。

「何勝手に入ってんだよ！」

感情に任せて大声で叫んだ。靖子はタブレットをのぞき込んだ。靖子はそれが、以前なくしたロボットだと気づき、深い悲しみを覚えた。

「まさか、私がなくしたロボット？」

「だからなんなんだよ！」

「何、母さんに隠して！」

「いいじゃんかよ！　僕の勝手だろ。母さんには、僕の気持ちなんかわからないんだよ」

星空は今まで抑えてきた感情を思い切りぶつけた。何もできない自分に対してのうっぷんと、過保護の息苦しさを一気に吐き出した。靖子は、初めて見る変わりきった息子の態度に動揺した。

「あなたは誰なの？」

星空は、史織の声でハタと我に返った。ゆっくりとタブレットをのぞくと、恐怖におびえる史織の顔が映っていた。史織は少しずつ画面から遠のいていく。

「史織……」

星空はすがるように呼びかけた。しかし史織は、これまで楽しく話をしていた史織ではなかった。未知なるものと対峙し、恐怖におびえる人間の表情だった。史織の顔が画面から外れていくと、画面が勢いよくぶれ、けたたましい衝撃音とともに真っ暗になった。

靖子は、星空の異常な様子を静観できるはずもなく、彼からタブレットを取り上げて誰と話しているのか確認しようとした。星空はタブレットを離さない。力いっぱいにしがみついている。靖子が力を込めてとり上げると、星空はタブレットとともに頭から床に転げ落ちた。ゴンという鈍い音が響いた。

靖子は、星空が頭から転げ落ちたのに気づくと、タブレットを放り投げた。

「星空、星空！」

靖子は、急いで119番をして、目の前の状況を伝えた。

「鹿児島市内の病院にヘリで行くんですか。わかりました」

救急隊員にそう答えると、星空の体に寄り添い、息子の名前を呼び続けた。

星空は遠のく意識の中で、史織との想い出を思い浮かべていた。

11

翌朝、目が覚めると、毛布が掛けられていた。昨晩、天野さんに肩を抱かれながら二階に上がった後、気づかぬ間に布団に入って寝てしまったようだ。スマホを見ると、午前九時を示していた。起き上がる気力がなく、布団にそのままくるまった。

障子の外から天野さんの声が聞こえてきた。

「史織ちゃん、おじさんはもう行くから、朝ごはんちゃんと食べるんだよ。バイトは、体調が良くないって電話しておいたから、ゆっくり休むんだよ」

そう言うと、天野さんはそっと仕事に出かけていった。私は、現実を受け入れたくない気持ちからまぶたを閉じて眠り続けた。

お昼ごろ、さすがにお腹が空いたのでゆっくりと起き上がった。まぶたをこすり、何度か目を開いたり閉じたりした。ぼんやりとした視界が少しずつはっきりしてきて、机の上に置かれた壊れたロボットが目にとまった。昨晩のことは夢ではなかったんだ。私は、ロボットに触れることなく、静かに一階へ下りていった。

居間のちゃぶ台には、しわくちゃになったラップがお皿に掛けられていた。おにぎりとハムエッグ、小松菜のおひたしとひじきの煮物が置かれている。ラップをゆっくり剥がして、ひじきをそっと口に運んだ。一口一口噛みしめるたびに、なぜだか涙があふれた。

ずっと家の中にいても息苦しかったので、荷物を持たずに外に出た。あてもなく歩き、普段だと通らないような道をあえて選んだ。

通りかかる人や車がなくなり、吸い込まれるようにして林道に入った。森の中でぼんやりと、せいら君のことを思い返した。

どうして彼は自分が人間だと言わなかったのだろう。私をだましたかった？　それともただのいたずら？

ＡＩロボットと信じて会話をしていた自分が恥ずかしく、情けなかった。人には話せないことを彼に打ち明けてしまった。聡美さんへの感情は私の中で押し殺していたものだった。その繊細で複雑な気持ちを見ず知らずの人に知られた。とても悔しい。憤りも感じた。彼はいったい誰なの？　どうしてあのロボットを使っていたの？　考えれば考えるほど、頭が割れるくらい痛くなった。

気がつくと、今まで来たことのない場所にたどりついていた。鳥がさえずり、猿が茂みで餌を食べていて、数頭の鹿が群れてじゃれ合っている。

この誰もいない森の中で、立ち止まり深く呼吸をしてみた。空気がとても澄んでいて、肺の中がゆっくりと透明になっていく感じがした。

――呼吸をする。

こんな当たり前のことを考えるなんて一度もなかった。私は今、呼吸をしている。息を吸う、息を吐く。自然と行なっていた大切なことが実はこんなにも身近にあったんだ。それがあるから私は今まで生きてこれたんだ。

道なき道を進みながら、ひたすら自問自答した。生きるってなんだろう？　食べて、寝て、勉強して、仕事をして、お金をもらって、それを繰り返す。誰しもいつかは死ぬんだから、生きるって何の意味があるんだろう。生きるって、悩んだり、苦しんだりすることばかりなのに赤ちゃんとなって生まれてくるんだから、人間ってそもそも不自由な生き物？

当たり前のことを振り返ると、他にもいろいろな考えが浮かんできた。私たちは普通に学校に通っているけれど、学校ってそもそも必要なのだろうか。勉強するなら、塾とか、スマホとかでいいのではないか。友達をつくるため？　それならネットで探せばいいのではないか。

友達ってなんだろう。一緒にいると楽しいけれど、学校じゃなきゃいけない？　友達って年齢が離れていたらおかしいのかな。学校の友達は嫌いじゃないけれど、奏さんみたいな友達のほうが一緒にいて自然な気がする。気を遣わずに話ができて笑いあえる。学校の友達関係は余計なことを気にかけてしまう。嫌われないように話さなきゃとか、相手に合わせて行動しなきゃとか。そう考えると、友達って仲良しだけでは説明できない関係なんじゃないかな。

家族ってなに？　選んでもない親の元に生まれて、その環境に縛られて生活するなんて、すごく変。親のいいなりになって学校に行ったり、塾に行ったり……。たしかに学費を払ってもらい、食事を無償で食べさせてもらっている。でも、親ってそんなに偉い？

悶々としながら歩き続けていると、開けた岩場にたどり着いた。エメラルドグリーンをした湖が真っ青な空に溶け込み、川のせせらぎとともに現れた。

「きれい……」

吸い込まれるようにして湖に近づいた。幻想的な色にしばし見とれた。こんなに美しい水の色を見たことがない。湖面に顔を近づけて中をじっくりとのぞく。どこまでも透き通った湖。底面の岩肌もくっきりと見える。この湖に浮かんだら気持ちが生まれ変われる気がした。

導かれるようにして、靴を履いたままどんどん沖の方へ進んだ。腰、お腹、胸と少しずつ体が水に浸かり、全身が水に覆われると、両手を大の字にしてゆっくりと湖に体を委ねた。少しずつ力を抜くと、湖が私の体を受け止めてくれて、自然と重力から解放された。そのまま目を閉じて浮かんでいると、湖と一体になっていく。

――私、いま生きているんだ。

包まれるような水の優しさに触れ体を自由にさせていると、心に溜まっていたさまざまなわだかまりがどんどん吐き出されていった。湖の底から女性の声で、「考えないでいいわ、感じるの」と聞こえた気がした。その声を体に染み込ませて、息をゆっくりと吐き――そして、静かに吸い込む――。それを繰り返していると、生きていることがなんだかとても幸せなことに思えた。生きているって、実はとてもシンプルなことなんだ。

湖に浮かびながら、まぶたをゆっくり開けると、真っ青な空にさまざまな形の雲が、まるで命を帯びているように自由気ままに泳いでいる。どの雲も一つひとつ形が違い、ゆっくりと変化して漂い、そして消えていく……。こんなふうに雲の流れを眺めたことは一度もなかった。次第に目の前の雲が今の自分と同じように思えてきた。自由になるって、実は身近にある《自分》を感じることから始まるのかもしれない。

空を眺めながら、雪葉のことを思い返した。ごめんね、雪葉、あなたを助けられなくて。きっと一人でたくさん悩んで、苦しんでたんだよね。それに気づいて、少しでも話を聞いてあげられていたら……。

雪葉と一緒に太鼓を演奏し、笑いあった日々がよみがえった。雪葉はきっと今、この空の向こうにいるんだよね。私はいつまでも雪葉と一緒にいる気持ちだよ。私、太鼓たたきたいんだ。雪葉と一緒に……。

——私、まだ生きたい。

この島に来たことで、見失っていた大切な何かを見つけられた気がした。

島の大自然に囲まれながら、少しずつ生きていくことへの光が差し込んできた。

✦

深い眠りの中で星空は夢の世界にいた。

七色のもやがかかった世界で、宙に浮きながら泳いでいる。遠くで女性が星空の方を向いて笑っている。星空は、瞬時に史織であることに気づくと、「史織！　史織‼」と、呼びかける。名前を呼べば呼ぶほど、史織はドンドン遠くに行ってしまう。星空は慌てて大声で叫ぶ。

「史織、行くな。戻ってきてくれ！」

星空はこの時、集中治療室で人工呼吸器をつけられ横たわっていた。高熱に見舞われ、激しく変化する心拍数の中、医師や看護師が部屋を慌ただしく出入りしていた。

12

天野さんと夕飯を食べながら、気もそぞろだった。

せいら君にもう一度会いたい。

気持ちが少しずつ落ち着いて、せいら君ともう一度向き合いたいと思った。人間であることを隠していたせいら君。それはけっして良いことではないけれど、もしかしたら私が知らない事情や背景があるのではないだろうか。湖に浮かんで今までの自分を振り返ったことで、せいら君の隠された真実に手を差し伸ばしたいと思った。

ロボットは壊れて動かなくなった。私には直すことができないし、天野さんにも無理だろう。もう、せいら君と話すことができない。

天野さんは、そんな私をチラチラと上目遣いで見ていた。天野さんは箸を休めて両手を組み、ゆっくりと話しかけた。

「史織ちゃん、知ってるかな。島にもコンビがあるってこと」

「……コンビ?」

「そう、凸凹コンビ。この屋久島は丸っこくて縄文杉のある自然の島。そして、隣の種子島は細長い形の技術の島、ほら鉄砲伝来」

「ポルトガルの……」

「そう、お互いに形や特徴は違えども、二つの島は助け合ってるんだ」

そう言うと、天野さんはよいしょと立ち上がり、襖に貼ってある島の周辺地図のほうに歩いていった。地図を見つめて、細長い形の種子島を指差した。

「この技術の島に行ってみない? バイトのお休みをもらって。あのロボットを直しに」

天野さんはほほ笑んだ。ロボットを直せる可能性があることに嬉しさを感じたものの、自分の知らない場所を訪れることには不安だった。もし直せなかったら、せいら君と一生会うことができない。そのことに向き合うことも、どこか怖くて仕方がなかった。

夕飯を終えて二階に上がり、壊れたロボットを両手ですくい上げた。今ごろ、彼はどうしているのだろうか、どんな気持ちで過ごしているのだろうか。

お風呂に浸かりながら、どうしたらいいか迷い続けた。そして、ふと気がついた。私の人生は、今まで誰かに言われたことを、そのまま受け入れてばかりだった、と。聡美さんに言われるがまま塾に通い、クラスメートに宿題を見せてと言われたらそのまま見せる。

屋久島に来て、バイトしたり、天野さんと生活をしていると、自分から行動することが大切だと少しずつ気づかされた。進んで作業をしたり手伝ったら、ありがとうと言われたり笑顔であいさつを返されたり。大切なのは、人に言われたからするのではなく、自分で物事を決めることだ。たとえ失敗に終わったとしても、次につながる大きなステップにすればいいんだ。

このまま何もしないと未来は開かれない。勇気を出して種子島に行くことで何かが見えてくるかもしれない。うん、逃げてちゃダメだ、行こう。

お風呂から上がって着替えると、天野さんに「種子島へ連れてって」とお願いした。

翌日、天野さんと一緒に種子島に向かった。

高速船で隣に座った天野さんは、「良かったね、バイト休めて」と、しきりに笑顔を振りまいた。今から会う人がどんな人なのかが気になり、天野さんに尋ねた。

「昔からの幼なじみで、まあ、その……なんていうか……会えばわかるよ」

天野さんは不自然にはにかんで、頬をかきながらお茶を濁した。

種子島に着くと、天野さんはレンタカーを借り訪問先に向かった。車の中からのぞく種子島の景色は屋久島とまったく違っていた。屋久島は、車窓の片側では高い山々が顔をのぞかせ、反対側では海が延々と続く。種子島は、高い山がなくて農地がどこまでも広がっている。のどかな風景が緩やかに続き、小気味良い車の振動で眠たくなった。

居眠りをしていた私は、坂道を下る感覚で目を覚ました。目の前には養殖池と広大なバナナ畑が広がっている。その一角にプレハブ小屋があって、天野さんが「あそこだよ」と指を差す。車を脇に停めてすたすたと小屋の方に歩いていった。

小屋の扉が半開きになっている。

「日高、おるか！」

天野さんは扉を勢いよく開けると、大声で呼びかけた。私は天野さんの陰に隠れ、薄暗い室内をそっとのぞいた。鼠色の作業着を着た初老で小太りの男性が、黙々と作業をしていた。日高さんという男性は、天野さんの声を明らかに無視している素振りだった。

「よー、やっちょっな！」

天野さんは、その態度を気にかけることなく、日高さんに声をかけた。

「よか年してまともなあいさつもできんとか」

日高さんは振り返ることなく、野太い声で返事をした。その応対を見て、少し尻込みした。どことなく聡美さんに似ている……かな。研究者ってやっぱり頑固な人が多いんだな。

「頼む、こいを直してくれんか」

天野さんは、私が抱えていたロボットを預かると、そう日高さんに伝えた。

「嫌じゃ。なんでおいがお前の頼みを聞かんといかんとか」

間髪入れずに、素っ気ない返事がきた。天野さんはひるまなかった。

「ちっとばっかぃ訳があってな」

「いっつも大口をたたいちょっくせに、おいなんかに頼るなよ」

日高さんは天野さんの身体を振り払うように立ち上がり、別の場所に置いてある細かい部品を漁りだした。天野さんは、日高さんの対応にしびれを切らして、顔を赤くさせた。

「せっかく屋久島からきたっちゅうとに、お前は昔からなんでそげんじゃっとかね！」

声を荒げて日高さんに文句を言った。温厚な天野さんが怒る姿を初めて見て、私は凍りつき、首を横に振った。このままだと大げんかになる、止められるのは私だけだ。

「待って、天野さん」

私は急いで声をかけた。天野さんからロボットを返してもらい、ゆっくりと日高さんに近づいた。

「このロボットを壊したのは私です……どうしても直したいんです」

日高さんは私の方を向かず、ひたすら無数の部品をいじっていた。

「私、彼にありがとうが言いたいの！」

その言葉で日高さんの指が止まり、顔を向けた。

「彼？」

私は日高さんの顔を見つめて話し続けた。

「これを使っていた彼――遠隔操作でこのロボットと通信していたみたいなの。あたし、相手の事情も聞かないで、ロボットが見知らぬ人間だとわかって頭が真っ白になって壊してしまったの。でも彼と一緒にいると、素直な自分になれた気がしたの……」

天野さんが「史織ちゃん」と呼びかけて、そっと近づいた。私は深呼吸をして、言葉に力を込めた。

「だからちゃんと伝えたいの。もう一度彼と話をして、ありがとうって……。私、なんでもします。お願いします」

日高さんは、背中を向けたまましばらく無言でいた。そして、さっきまで座っていた作業場所にゆっくり戻った。

「仕方なか。天野、お前のためじゃなかど。若かもんのために久々に腕を振るうとするか」

私は、思わず小さくガッツポーズした。天野さんも満面の笑みだった。

「日高、俺のためじゃなくても、ありがとな」

天野さんは、皮肉っぽく御礼を伝えた。

「せからしか！」

日高さんは鹿児島弁で返事をした。その光景を見て、二人はいっけん喧嘩をしているようで、実はすごく仲がいいんだと思った。

ロボットを日高さんに手渡すと、彼は机の引き出しから老眼鏡を取り出し、ロボットを撫で回すように調べた。

「ほう、これはまた面白い仕組みだな」

感心して高い声を上げた。日高さんはドライバーを握りしめると、ロボットの背面にあるネジをゆっくりと回した。

「え？　大丈夫なの、開けちゃって？」

日高さんは目を丸くして、私を見つめた。

「何を言ってるんだ、お嬢ちゃん。直したいんだろ？　じゃあ、まずは全部きれいに解体せんと」

私は、自分の無知が恥ずかしくなった。

「まあ、黙って見ていなさい」

日高さんに言われるがまま、固唾を飲んで、その様子を見つめた。

「ほら、中はこげなふうになっている」

日高さんは解体されていくロボットの中身を丁寧に一つひとつ見せた。

「人間も同じだ。表には見えないいろんな物が集まって生命を形づくっているんだよ」

日高さんの力強い言葉に物づくりに対する強い愛情を感じる。天野さんは、私たちのそばを離れて、部屋の中に掛けられたホワイトボードや模型図を見ていた。すると突然声を上げ、白い物体を持ってきた。

「見て見て、ドローンがあったよ！」

日高さんは天野さんをギロッとにらむと、「また余計なことを……」と眉をひそめた。私は、ふとせいら君の言葉を思い出した。

――夢があるんだ、宇宙飛行士になりたいんだ。

あっ、もしかしたらせいら君を夢に近づけてあげられるかもしれない。

私は天野さんからドローンをもらい受けて、日高さんに差し向けた。

「日高さん、このドローンをロボットに付けられないかな」

日高さんは眼鏡を外して、驚いた顔で私を見つめた。

「飛ばす⁉　これを？」

首をひねる日高さんと、きょとんとした天野さんに、私は彼の夢を話した。

「……星に近づけてあげたいの。彼の夢なんだって」

日高さんは顔をしかめたが、しばらくして口元を緩めた。

「まあ、お嬢ちゃんの願いであれば、頑張らんにゃいかんな」

「ほんと！」

私は思わず日高さんの両手を握りしめた。日高さんは照れながら、「任せなさい」と胸を張った。


簡単な作業を手伝うことになり、電動ノコギリで切られたロボットのパーツの断面をヤスリで磨いていった。意外と力が必要な作業だったが、慣れていくとどんどんペースが速くなった。日高さんははんだごてで基板をいじっている手を休め、様子を見にやってきた。

「おお、上出来じゃないか」

厳格そうな日高さんが褒めてくれた。とても嬉しい。一息つこうとヤスリを置くと、天野さんが腕組みをしながら体を左右に揺らし、寝息を立てていたので、思わず小さく笑った。そして、日高さんの方を向いた。

「日高さんと天野さんは同級生？」

「ああ、小学校から高校までのな。こいつは小さいころにお母ちゃんを病気で亡くしてな。だから、昔から人の命を救う仕事に就きたかったらしか」

優しい声で教えてくれた。天野さんのことを知る機会がなかったので、彼の過去を知ってとても驚いた。

「こいつは、いつも成績は一番、おいが二番。それがいまだに悔しくてな、ついつい憎まれ口をたたいてしまう」

日高さんは照れ笑いをした。

「そいでもな、こいつがいたおかげで、おいも勉強を頑張れたんだよ」

私の頭を撫でると、日高さんはまた作業場所に戻っていった。

私は思った。そっか、成績って争うばかりじゃなくて、一緒に頑張れる目標にもなるんだな。

黙々と作業を続け、外はいつの間にか薄暗くなっていた。ようやくドローンがロボットの下にくっ付き、新型ロボットが完成した。天野さんは目をこすりながら起き上がり、「おお、できたね」と歓声を上げた。日高さんに促されるように、最後の電源系統の接続ケーブルをつなぎ合わせた。大きく息を吐いて、「完成だね」と話すと、日高さんは穏やかな表情で「ああ、よく頑張ったね」とほほ笑んだ。

緊張と嬉しさが入り交じりそわそわした気持ちで、ゆっくりと起動ボタンをオンにした。せいら君の声をじっと待つ。しかし時間が経っても、声が聞こえてくる気配はなかった。

　不安な気持ちで日高さんを見る。

「電池は交換してあるから、単に相手が通信していないだけだな」

　日高さんは私の肩を優しくたたくと、手書きのメモを手渡した。

「大丈夫。君が信じていれば、きっとつながるよ。これは、ドローンを飛ばすための手順書だ。話を聞くぶんには、彼は頭が良さそうだから、ここにアクセスすれば、すぐに内容を理解できると思うよ。仲直りしたら、見せてあげてな」

　そう言うと、日高さんは作業机に戻って、私たちが来る前にしていた作業を始めた。

「日高、ありがとな！」

　帰りがけに天野さんは、声をかけた。

「おいの大好物のかるかんくらい手土産で持ってくるのが礼儀じゃろ」

　日高さんは声色を変えて振り返ることなくそう言った。

「じゃったな、ごめん」

　天野さんは頭をかきながら、お詫びをした。

「日高さん、ありがとうございました。本当にありがとうございました」

　私はお辞儀をしてお礼を言った。日高さんは振り返ることはなかったが、背中越しに親指を力強く立てて、グッドラックと私たちを見送った。

星空は集中治療室から一般病棟に移された。靖子の希望で個室に運ばれ、身長の高い星空にも十分な大きさのベッドに横たわっている。

そばでは靖子が祈るように星空の目覚めを待ちわびていた。昏睡状態だが、幸い命に別状はなく、人工呼吸器を付けて眠りについている。星空は深い眠りの中で史織を思い浮かべ、彼女に自分の真実を打ち明けたいと強く願っていた。

靖子は、疲れがたまってうたた寝している。時折、星空の指先がぴくりと動いた。そして、また動きが止まった。星空はまだ目覚めることができないまま、夢の中で史織のことを思い続けていた。

13

新しくなったロボットを屋久島に持ち帰って、翌日からバイトを再開した。マリンブルーに着くと、仮屋さんや奏さんがしきりに「無理しないようにね」と話しかけてくれた。せいら君がいつ接続してもわかるように、事務所の見えるところに置かせてもらった。

仮屋さんは、ドローンが付いたことに興味を示して、「小さいころ、よくラジコンを飛ばしたな」と懐かしそうな表情を浮かべた。せいら君のことが気になって仮屋さんの言葉に小さく笑うくらいしかできず、気もそぞろに仕事をこなした。

――せいら君は、私のことを怒っているのかな……。

ロボットが壊れて通信ができなくなり、彼はショックを受けているんじゃないかな。そんなことを考えながら仕事をしていると、洗っていたグラスが滑り落ちて、割れてしまった。

「史織ちゃん、大丈夫?」

奏さんがすかさず駆け寄った。

「すみません」

「ケガはしてない?」

奏さんは親身に気遣ってくれた。私は平謝りをしながら、これじゃいけないと自分に言い聞かせたが、どうしてもせいら君のことが頭から離れなかった。

天野さんの家に帰ってもぼんやりとしていた。ロボットをずっと見つめていても何も反応しない。もしかしたら、このまませいら君と本当にお別れなのかもしれない……。

翌日もせいら君のことを考えながらバイトした。仮屋さんは終始、物陰から見守ってくれた。

夕方、一通りの仕事を終えた後、テラスに出て水平線に沈む夕陽を眺めた。

――この海の向こうのどこかにせいら君はいるんだろうな。

いったいどうしたらもう一度話ができるのだろう。あと一度だけでいいから話して、こうしてバイトをするきっかけや、知らない場所に踏み出していく勇気をくれたことに、「ありがとう」を伝えたい。ただそれだけでいい……。

遠くから見ていた奏さんが、ゆっくりとこちらにやってきた。

「史織ちゃん、だいぶ悩んでいるみたいね。今日バイトが終わったら、ちょっとだけ外でお話しようよ」

いつもの人懐っこい笑顔。その温かい声に導かれるように、私はそっと首を縦に振った。


バイトが終わると、奏さんと一緒に港に向かって歩いた。バイト以外で奏さんと歩くのは初めてだったので、何となくくすぐったかった。奏さんは終始笑顔で、お客さんのことや、厨房のスタッフさんとのたわいもない話をしてくれた。そんな奏さんの話を聞いていると、どうしてこの人はこういう生き方をしているのだろう、と不思議に思った。こんなに若くて魅力的な人なんだから、島じゃなくてもっと若者がいる街で歌えばいいのに。

港に着くと、奏さんは大型船が鎖でつながれている大きな錨鎖《びょうさ》に腰掛けた。奏さんは空いているスペースを左手でたたき、私は奏さんと肩を並べてそこに腰掛けた。しばらく奏さんは黙ったままでいた。港には船が何隻も停留していて、エメラルド色をした街灯がいくつも水面に反射して揺らめいていた。

「港に来ると小さいころの気持ちを思い返すのよね」

奏さんは、水平線の方を見つめながら、穏やかな声で言葉を漏らした。

「小さいころですか……」

「よかったら、史織ちゃんが今思っていることを聞いてもいいかしら」

私はためらいながらも、奏さんに打ち明けようと決意した。

「このロボット、実はＡＩじゃなくて遠くで人が操作していたんです」

「え、そうなんだ。全然わからなかった」

私は首を縦に振って話を続けた。

「私、今ずっと考えているんです。その人ってどんな人なのかなって」

「そっか」

奏さんは頷くと、何かをしばらく考えていた。

「私も同じような気持ちがあるんだよな」

「どういうこと？」

奏さんは小さくほほ笑むと、腕時計をちらっと見た。

「まだ大丈夫かな？　私の大切な場所に連れていってあげる」

そう言うと、私を手招きして歩き始めた。


十分くらい歩くと、海沿いの真っ暗な場所にたどり着いた。歩道の奥の方に小さな明かりが灯っている。

「着いた、ここは私のとっておきの場所なの」

奏さんはほほ笑んだ。

建物の近くに来て気づいたが、それは家ではなく教会だった。三角形の形をした小さな教会で、マリア様のステンドグラスが外壁に光って見えていた。奏さんは木造の玄関を開けて、「こんばんは」と中に入った。私も奏さんに寄り添うように中に進んだ。そこにはもう一枚木製の扉があって、それを開けるとお祈りする講堂になっていた。ステンドグラスや絵画、椅子など、中の装飾はどれも個性が漂っていて、思わず「かわいい」と声を漏らした。

前方には教卓くらいの大きさの祭壇が置かれていて、その真上には、先ほど外から見えたマリア様のステンドグラスが埋め込まれていた。長椅子がいくつか置かれていて、全員で三十名くらいが座れそうだ。

「私、教会なんて来たの、初めて」

「それはよかった」

奏さんは口元を緩ませた。

「私は、キリスト教とか特定の宗教を信仰しているわけじゃないけど、ここに来るとなんだか心が落ち着くから、時々お祈りしに来ちゃうんだ」

目線を部屋の片隅に移すと、司祭さんと思しき人が何かの作業をしていた。

「また新しい流木、増えましたか？」

奏さんは司祭さんに近づき、そう尋ねた。

「ええ、今日も良い流木が見つかったんですよ」

司祭さんは、照れ臭そうに答えた。司祭さんの近くには木製の棚が置かれており、無数の流木が陳列されていた。

「どうして、そんなに流木が好きなんですか？」と私は尋ねた。

「流木はね、一つひとつ形が違うんだ。同じものが一つもない。だから、価値があるんだよ」

司祭さんはそう言って笑った。

「そうなんですか」

確かにどれもいびつな形をしていて同じものはなかった。

視線を移すと、奏さんが祭壇の前でひざまずいてお祈りをしている。

「奏さん？」

奏さんは神妙な顔つきでマリア様を見つめていた。

「母は若いころ、イタリアに留学して音楽学校を卒業し、そのまま現地でプロの歌手をしていたの。向こうで結婚して、父が亡くなって、私を一人で育てた。でも、物心がつく前に、私の前からいなくなった。憎んだこともあったよ。どんな人だったんだろうって。それに、どうして私の元を去ったんだろうって」

「そうでしたか……今でも会いたいですか？」

「いつか会えると信じてる。この気持ちが届くといいなって思いながら歌ってるの」

私は奏さんの過去を知って胸が熱くなった。あんなに明るい奏さんが、実は小さいころからつらい孤独を感じていたなんて……。奏さんのお母さんは、どうして奏さんを一人にしたんだろう。自分の娘を一人にさせるなんてどんな状況だったんだろう。今の私にはその気持ちはわからないけれど、少なくとも奏さんのことを今でもどこかで想い続けて元気に暮らしていてほしい。そして、いつか必ず再会してもらいたい……。

私はふと、自分のお父さんのことを考えた。今ごろ元気でやっているかな。新しい家族ができたりしているのかな。お父さんは私のことを嫌いではなかったと思うけれど、きっと新しい家族ができて、会いづらいんだろうな。成人したら一度お父さんに会いに行ってみよう……。

奏さんと時間をともにしていると、奏さんが自分で人生を切り開いていることに尊敬の念が湧いた。お母さんを探しながら、いろんな場所を歌い歩いているんだ。どこにいるかわからないお母さんのことを探して諦めないで生きている奏さん。奏さんの笑顔の裏に隠された強い信念に胸がいっぱいになった。

——奏さん、運命に負けないで。

奏さんの想いを一緒に叶えたい。祭壇の前でひざまずいている奏さんの横で一緒にそっと手を組んだ。奏さんに素晴らしい未来が訪れますように。そう祈りながらそっと頭上を見ると、ステンドグラスのマリア様が優しい表情を浮かべているように思えた。

✦

真っ暗な病室で星空の意識は戻り始めていた。

おぼつかない体の感覚で、手はまだ動かすことができなかった。口に酸素マスクが付いていることに気づき、小さく口を開けてそっと息を吐いた。ゆっくりとまぶたを開けると、天井の薄暗いオレンジ色の電灯が見えてきた。横を見ると女性が腕を組んで横たわっている。一瞬、史織かと思ったが、それは母親の靖子で、自分が今、病室で横になっていることに気がついた。

「母さん……」

かすれ声を出すと、彼女は起き上がり、「せいら！」と甲高い声を上げた。

「今、先生を呼んでくるからね」

靖子はナースコールを忘れるくらい大慌てで病室を出ていった。

14

奏さんと別れて天野さんの家に戻ると、真っ暗な部屋で一人考えた。

両親がいない中で、奏さんは一人たくましく生きている。私が経験していないたくさんの悲しみや苦しみを乗り越えて、人が感動する歌を届けている。人間はけっして弱い生き物ではない……そして、変われるんだ。

今まで避けてきたものと向き合わなければいけない。自分が変われば、周りも少しずつ変わっていく。だから自分から動き出さなければいけないんだ。

見えないように隠していたバチをもう一度手に取ろうと決心し、机の引き出しからバチを取り出しそっと握りしめた。するとおばあちゃんの笑顔が浮かんだ。それから、天野さんや仮屋さん、奏さんたちの笑顔も……。私は今、大切な人たちに囲まれている。マイナスなことばかりに目を向けてちゃダメなんだ。プラスなことにちゃんと向き合おう。

バチを抱きしめて布団に潜った。明日、太鼓を貸してくださいと仮屋さんに頼もうと思った。

――もう一度、太鼓をたたきたい。

そうしたらきっと、新しい自分が見えてくるかもしれない。


翌日、仮屋さんに頼んだら、二時半くらいからお客さんがいなくなるから、その時間帯にテラスでたたくといいよ、と快く承諾してくれた。午前中仕事を笑顔でこなした。

「お、今日は元気じゃん」

奏さんは、手際よく作業をする私の肩を優しくたたいた。

「奏さん、午後、見せたいものがあるので、よかったらテラスに来てくださいね」

「なになに?」

奏さんは、大きく丸い目を見開いた。

「内緒です」と私は小さく笑った。

午後二時半に、太鼓を転がしてテラスに立てた。マリンブルーの海を背景に立っている太鼓は壮大で、かつ爽快な感じがした。バチを握りしめて深く呼吸し、感覚を確かめるように一突きずつたたいた。テラスに響き渡る太鼓の音は波の音に重なり、清々しく響いた。腕が自然としなり、軽快な太鼓の音が威勢よく鳴り響く。ふと室内からこちらを見ている奏さんが視界に入る。奏さんは驚いた表情でずっと見つめていて、リズムに合わせて時々体を縦に揺らしていた。五分ほど太鼓を打ち続け演奏が終わると奏さんは満面の笑みで拍手した。

「史織ちゃん、すごいじゃない！」

「ありがとうございます！」

久々の高揚感に包まれて、大きな声を上げた。

私、できるんだ、こんなにも楽しく太鼓をたたけるんだ。

心臓の鼓動が激しく打ちつけて、息遣いが荒くなった。奏さんは、ペットボトルを差し出した。

「史織ちゃん、一緒にライブやろうよ！」

一気に水を飲み干すと、胸が熱くなった。

「うん！」

考える間もなく、返事をした。

✦

星空は、真っ白なシーツのベッドに横たわり、上半身を桜島に向けていた。おぼろげだった記憶も鮮明になり、史織と別れた時のことも思い出した。

史織は元気にしているのだろうか。自分が歩ける状況だったら、屋久島まで出かけて彼女を探しているだろう。分身ロボットが壊れてしまった今では彼女と通信する手段はない。彼女と再会することはこれからずっとないだろう……。

史織とのやりとりは一つの希望だった。史織は自分と向き合い、悩みながらも少しずつ自分らしさを取り戻していた。そんな史織の姿を見て、自分もまだ諦めてはいけないと考えた。

宇宙に対しての憧れが人一倍あるからこそ、宇宙飛行士の夢が断たれたことは心底つらかったが、宇宙を追究する夢はまだ残されている。史織はそんなことを気づかせてくれた。だからこそ、もっと話をしたい。自分のことも打ち明けなければならない。本当の自分を知ってもらいたい。そう思い始めた矢先のトラブルだっただけに、もどかしい気持ちでいっぱいだった。

病室の扉が開き、看護師かと思ったら靖子だった。自分と史織の仲を切り離した靖子に当初は憤りを感じたが、今となってはどうしようもないと割り切った。史織が親元を離れたいと考えているように、いつか自分も靖子の元から離れたい。できることなら病院でも靖子と会う回数は減らしたい。

そんな靖子が、不意に星空に何かを差し出した。星空は、とっさに顔を背けたが、差し出されたものは、自宅で使っていたタブレットだった。星空は言葉を失った。

「またつながるといいわね」

靖子は、たった一言そう言うと、病室を立ち去った。

星空は、靖子が自分の気持ちを汲み取ってくれたことに驚いた。ずっとべったりだった母親が距離を取ってくれたのは初めてだったからだ。今回の一件で母親にも意識の変化が生まれたのではないか。

星空はタブレットを掲げて、真っ暗な画面をじっと見つめた。電源をオンにしたら、また史織とつながることが……でも、ロボットは壊れたはず……。そうだとしたら、アプリを起動させても、通信できないに決まっている。でも、万が一が……史織が画面に映るかもしれない。

星空は思い切って電源をオンにした。

15

奏さんと約束したライブの開催に向けて、早朝に天野さんの家の庭で太鼓の練習をすることにした。

天野さんの家には太鼓がなかったので、膝丈くらいの高さの木製の台を借り、座布団を折り畳んで紐で結わい付け、それを太鼓の代わりとして練習した。縁側にお守りのような感覚で、ロボットを置いた。通信ができなくても、心ではせいら君とつながっていると思いたかったのだ。

天野さんは朝食の準備をしながら、時折、様子を見にきた。

「頑張っているね、史織ちゃん」

天野さんの優しい声を聞くと、体に力が自然とみなぎってくる。仮屋さんは、知り合いもライブに誘いたいので開催は今度の土曜日の午後にしよう、と提案した。練習できるのは、今日を含めてあと三日。朝ごはんが出来上がるまでひたすら練習に打ち込んだ。

✦

星空はタブレットをオンにして、ロボットのアプリを起動させた。向こうのロボットは壊れているだろうから、何も映らないだろうと期待していなかった。しかし、思いもよらず画面は映り、ピンクのTシャツとグレーのスウェットパンツを履いた史織の姿が見えた。不意に現れた史織の姿に、心臓の鼓動が急速に高まった。突然の出来事に動揺して、慌ててタブレットの画面をオフにしてしまった。

——史織とつながった。

混乱する星空は、史織にいつ話を切り出そう、なんて話しかけようと、さまざまな考えを巡らせた。

それから毎朝、太鼓の練習に励んだ。バイトもしっかりとこなしたので、食欲も旺盛で寝つきもとてもよく、天野さんはそんな私を終始ニコニコと眺めていた。こんなふうにバイトすることや食事することが心から楽しいと思えたことは初めてだったので、びっくりするくらい充実感にあふれていた。

そして、日はあっという間に過ぎ去って、いよいよライブ当日を迎えた。

✦

マリンブルーに着くと、『史織&奏・スペシャルライブ本日午後三時から！』と書かれた張り紙が至るところに貼ってあった。思わず顔が紅潮した。奏さんがほうきを持ちながらやってきて、「今日はとことん楽しもうね！」と声をかけた。

お昼までの仕事を順調にこなし、またたく間にライブの準備をする時間となった。演奏の場所は、ペンションのテラスに面した砂浜。奏さんはすでにアンプを運び終え練習をしていた。仮屋さんは太鼓を運んでくれた。

「事務所にロボットがあるので、よかったらそれを抱いていてもらえますか？　彼とつながらなくても、なんだかあのロボットには私の姿を見ておいてもらいたくて……」

「もちろんだよ」

仮屋さんは快く引き受けてくれた。

本番まであと十五分。太鼓の試し打ちをしていると、続々と観客がテラスにやってきた。天野さんも観客の人混みに混じって小走りにやってきた。みるみるうちに五十人ほどの観客で埋め尽くされた。

「史織ちゃーん！」

天野さんは私に向かって大きく掛け声をし、観客はいっせいに天野さんを見た。その光景に顔から火が出そうになった。

午後三時。奏さんは腕時計を見て私の顔を見つめると、笑顔で頷いた。私は奏さんとシンクロするように首を縦に振った。バチを大きく頭上に掲げて、深呼吸をしてからゆっくりと太鼓にバチを打ちつけた。奏さんはバチの音に合わせてギターを弾き始め、マイクに歌声を吹き込む。

海岸に太鼓の音とギターの音色、奏さんの歌声が響き渡る。背後では波がテンポよく打ち寄せてきて、絶妙なバックミュージックを奏でてくれる。前方には高い山がそびえ立ち、日差しがさんさんと降り注ぐ。壮大な大自然のライブ会場だ。五十メートルほど離れたテラスにいる観客がリズムに合わせて体を思い思い揺らしている。小さい子どもたちは大人と一緒に手拍子しているる。パフォーマーと観客と大自然とが一体となったこの空間。言葉では言い表せないくらい心地いい。

——この演奏がせいら君にも届くといいな！

観客の笑顔を見ながら、せいら君と過ごした日々を思い返した。自分が自分らしくいられたのは彼のおかげなんだ。彼がそばにいてくれたからバイトもやれたし、屋久島の魅力も知ったし、太鼓も楽しく演奏ができる。いつかせいら君に「ごめんなさい」と「ありがとう」を絶対に伝えるんだ。

そんなことを考えながら、奏さんとのセッションを目いっぱい楽しんだ。

✦

星空はタブレットを抱えながら、連日考え込んでいた。まさかこんなに早く史織とつながることができるなんて思いも寄らなかったからだ。史織は、ロボットを演じ続けた自分を許してくれるだろうか。もしかしたら怒りをぶつけられ、再び絶縁状態になってしまうかもしれない。

その一方で史織の笑顔を思い浮かべた。こうしてまたつながり合えたことは、一つの奇跡だ。

星空はふと、「奇跡」という言葉をとても昔、身近な誰か――父親から聞いたことを思い出した。

星空の父親は種子島でロケットの開発をするエンジニアだった。とても忙しい父親は、たまの休日に仕事場に連れていってくれた。実物大の宇宙船や、洞窟の中で行われるプラネタリウム、そしてロケットを発射する瞬間など。神秘的な空間や壮大な世界に興奮している星空に、父親は言った。

「奇跡は起きるものではないんだ。起こすもんなんだ」

――奇跡は起こすもの。

ふつふつと熱い気持ちがこみ上げた。ゆっくりと目を閉じ、深く呼吸をしてから目の前のタブレットの画面をオンにし、分身ロボットのアプリを起動させた。すると、星空が予想もしなかった光景が現れた。

海岸沿いに若い女性が二人、楽器を演奏している。赤いチェックのシャツを着ているのは奏だ。そして、もう一人、オレンジのシャツに真っ赤な花柄のカーディガンを着た女性――史織だ。

史織は太鼓をたたきながら満面の笑みを浮かべている。星空は指で画面を拡大させ、史織の顔をじっと見つめた。そこには今まで見たことのない生き生きとした表情の史織がいた。星空は思わず息を呑み、演奏に聴き入った。リズムに合わせてベッドの縁を手でたたきながら、演奏に酔いしれた。

✦

奏さんのギターを弾く腕が大きくしなり、曲の最後のコードを弾き終えた。それに合わせて太鼓を二発思い切りたたき、二人で「セイヤ」と決めポーズをした。その瞬間、テラスからとどろくほどの拍手が巻き起こった。奏さんとハイタッチをし、「やったね！」と笑顔を交わした。

私たちは、観客のいるテラスに行った。みんなが私たちの元に押し寄せて、「良かったよ！」、

「ヤバかった！」、「ブラボー！」と声をかけてくれた。誰かに喜んでもらえて胸が最高に高鳴った。

「史織ちゃん、最高！」

天野さんと仮屋さんも駆け寄ってきた。

「ありがとうございます！」

仮屋さんの手元で機械音がした。目線を向けると、ロボットが拍手の仕草をしていた。私は目を丸くした。

「せいら君‼」

せいら君は黙ったまま首を縦に振った。天野さんや仮屋さんもロボットが動いていることに気がつき、おおっ、と歓声を上げた。天野さんは私に小声で「良かったね」と、ピースサインを送った。


仮屋さんからせいら君を受け取ると、奏さんと観客にあいさつをして、テラスから離れ、五メートルくらいの高さのやぐらに登った。ここだったら人目につかず話ができるからだ。丸太の椅子の片方にせいら君を置いて、腰掛けた。

しばらく私もせいら君も俯いたまま、二人の間には沈黙の時間が流れた。耳元に伝わるさざ波の音が、まるで私たちの様子を静かに見守っているようだった。

「あの……」

私は思い切って、口火を切った。

同時にせいら君の「あの」と声が被り、肩をすぼめた。

「せいら君」

今度は声が重ならないように、私から声をかけた。

「史織、この前はごめん」

「私の方こそ、ごめんなさい」

二人の言葉が交差した。私は、せいら君の方に顔を向けることができず、下を向いたまま謝った。この後なんて話を切り出そうかと考えていると、せいら君が先に話し始めた。

「……僕は、史織をだましてしまった」

「私が勝手にＡＩだと思い込んだから」

「……ぼ、僕の体は下半身が動かないんだ」

「え？」

私は耳を疑った。

「半年前、交通事故のせいで脊髄を損傷してしまったんだ。僕は宇宙飛行士になる夢を絶たれて生きる意味を見失っていた。でも、史織と出会って、さっきの演奏を聴いて、限界は自分で決めちゃいけないって気づいたんだ」

「せいら君――」

胸が熱くなった。悩みを一人で抱え、とても苦しんでいたに違いない。自分が人間であることを言えなかったのも、そんな葛藤の中で自分自身と向き合っていたからなんだ。そう思うと、今まで彼に抱いていたモヤモヤした気持ちが少しずつ晴れていった。

「僕は今、生きている。自分にできることはまだまだたくさんあるはずだ」

「私もそう思う」

せいら君は可能性に満ちている。たとえ身体が不自由だとしても。そして、私だってまだまだやれることがきっとたくさんあるはずなんだ。

ふと日高さんからもらったＵＲＬのメモを思い出し、ポケットから取り出して掲げて見せた。

「何それ？」

「私のありがとうの気持ち」

私は笑みをこぼしながら、そう伝えた。

✦

星空は、ＵＲＬをブラウザで開いた。すると、ドローンで撮影した上空からの映像が映し出された。画面を下へスクロールしていくと、分身ロボットを飛ばすための手引きが書かれていた。書かれている内容を凝視しながら、一つひとつ読み解く。

――もしかして、ロボットを飛ばすことができるのか⁉

胸が熱くなった。

夕陽が海岸線に沈みかかった。私は、せいら君を祈るように見守った。

――大丈夫、私、信じているから。

両手を合わせながら、じっとせいら君を見つめていると、ドローンのプロペラが徐々に回り出し地上を離れていった。浮かび上がるせいら君を目で追いかけ、上空に上がりきったところで歓声を上げた。

「飛べた！　やったね！　せいら君‼」

せいら君は私の方を一瞬見下ろすと、そのまま海岸を離れ沖の方へと勢いよく飛んでいった。

✦

星空の気持ちは最高潮だった。画面には真っ赤な夕陽とオレンジ色に染まった海がまぶしく輝いている。画面を下に向けると、史織の姿がどんどん小さくなっていく。

「飛べた！　僕は飛べたんだ！」

上空からの景色は何ともいえない感動だった。

「僕は宇宙に近づけたんだ！」

星空は思った。

――世界はこんなにも広く、光に満ちあふれているんだ。

――世界はこんなにも広く、光に満ちあふれているんだ。

私は、大空を自由に飛び回るせいら君の姿を見て、そう思った。自分を照らす光は自分から見つけていくものなんだ。私も自分の人生の光を見つけたい。

夕焼け空を背にしたせいら君は、太陽が沈むまで大空をのびのびと駆け巡った。

✦

16

久々に天野さんと一緒に帰宅をした。車中、天野さんはずっとニヤけていた。「どうしたんですか？」と尋ねると、初めてスマホの動画撮影機能を使って先ほどのライブを撮影したそうだ。そうしたら思いのほか上手に撮れたという。天野さんは、映画が大好きで、お医者さんにならなければ映画監督になりたかったと打ち明けた。

「その動画、ＳＮＳとかに公開しちゃだめですよ」

「おじさんはメールが精いっぱいだよ」と苦笑いをした。

ライブを終えた高揚感のなかで、施設の子どもたちに太鼓をうまく見せられなかったことを思い返した。このままおばあちゃんとの約束を果たさずには帰れない。私は天野さんに、改めて子どもたちに太鼓の演奏を見せてあげたいと伝えた。せいら君も「それはいいね！」と喜んだ。天野さんも頷いた。

「家に戻ったら担当の人に掛け合ってみるね」


帰宅してお風呂に浸かると、緊張の疲れが一気に出てきて、急に眠気が襲ってきた。明日はお休みをもらったし、今日は心置きなく寝てしまおう。浴槽の中で硬くなった腕と太ももを揉みほぐした。

夕飯を終えて早々二階に上がろうとしたとき、天野さんのスマホが鳴った。施設の職員さんだった。電話に出ると、天野さんの表情は明るくなった。

「史織ちゃん、明日の午後だったら、演奏できるってよ。急だけど、大丈夫？」

「大丈夫です！」

私は鼻歌交じりに二階に上がり、布団を敷いて勢いよくダイブした。

「せいら君、明日もよろしくね！」

「史織、よく頑張ったね、おやすみ」

私はとても心地よかった。せいら君とまたつながり、お互いが抱えていた悩みや思いを打ち明けられたからだ。

天井の明かりを消すと、一瞬で深い眠りに落ちていった。


翌朝、天野さんの声で目が覚めた。私に配慮して朝ごはんを遅めにしてくれたようだ。時刻はすでに九時を回っており、天野さんは訪問診療の準備をしていた。

「おじさんは、午前中何件か診療に行って、正午過ぎに戻るね。お昼を一緒に食べてから、施設に向かおう」

朝ごはんを一人で黙々と食べ、食器の片づけと衣類の洗濯、居間やお風呂掃除を手際よくこなした。掃除は天野さんに頼まれたわけではないけれど、これだけお世話になっているので、天野さんに喜んでもらえるようにできることをすすんでやろうと思ったのだ。

広い家なので掃除をしているとあっという間にお昼を迎えた。天野さんは、馴染みのお弁当屋さんで昼食を買って帰宅したが、風通しの良くなった家の中を見て口を開けて驚いた。

「あら、史織ちゃんがやってくれたの？」

「やり出したら、とまらなくなって」

照れ臭くそう伝えると、天野さんは、「ありがとう」と笑った。

昼食を早々に済ませると、せいら君とバチを持って天野さんの車に乗り込んだ。

「楽しみだね！」

弾むような声でせいら君は言った。

「うん！」

私は明るくそう答えた。

施設に着いて演奏するホールに案内されると、子どもたちが今日も元気に走り回っていた。年齢の高い子どもたちは相変わらずゲームや漫画に釘づけだ。

職員さんがなだめても子どもたちはなかなか言うことを聞かない。その雰囲気に動じず深く息を吐くと、そのまま目の前の太鼓を勢いよくたたいた。ホールに鳴り響く重低音に子どもたちは目を丸くして顔を上げた。そのまま演奏を続けると、一人、また一人と吸い寄せられるように集まってきた。さっきまで無関心だった子どもたちが真剣に聴き入っている。

三曲の演奏を終え一礼をすると、会場は大きな歓声と拍手に包まれた。ホールの端っこで見守ってくれた天野さんとせいら君、そして職員さんたちも温かい拍手を送っていた。

演奏の後、子どもたちと打ち解けて、鬼ごっこやボードゲームを楽しんだ。年の離れた子どもたちと遊んだことがなかったので、とても新鮮だった。せいら君も大人気で、せいら君が動くたびに子どもたちは騒ぎ立て、彼の取り合いをしていた。まるでこの場所にせいら君が実際にいて、子どもたちと遊んでいるかのようだった。

午後二時半に施設を後にした。子どもたちは名残り惜しそうに、私たちが見えなくなるまで手を振った。

天野さんは、「良かったね、あんなに子どもたちが喜んでくれて」と目尻にしわを寄せた。

せいら君は「史織、今日もとっても良い演奏だったよ」と褒めてくれた。

「私はやっぱり太鼓がやりたいんだ」

「おじさんはいつまでも史織ちゃんの味方だよ」

天野さんは、ほほ笑んだ。私は目頭が熱くなり、天野さんに抱きついた。

「おいおい、史織ちゃん」

天野さんは苦笑いをする。

突然、私のバッグからスマホの着信音が聞こえた。表示を見ると、「聡美さん」だった。出るか出まいか……。天野さんは、相手が聡美さんだとわかると、表情が一瞬にして真顔に変わった。天野さんは私を見て小さく頷いた。後押しをされた気持ちで電話に出た。

「もしもし」

「史織、いつまでそこにいるの」

「聞いて。私やっぱり太鼓がやりたい」

思い切って自分の気持ちを打ち明けた。聡美さんのため息が聞こえた。

「まだそんなことを言っているの？」

私の気持ちはやっぱり伝わらない。固まっていると天野さんが私のスマホを取り上げた。

「もしもし、お母さん。代わりました、天野です。今から良かもんを送りますから。そいなら」

天野さんはぶっきらぼうにそう伝えて、電話を切った。

天野さんは私にスマホを返すと、自分のスマホを取り出した。おぼつかない動作で指を動かすと、「これでよし」とつぶやいて私にウィンクした。

「これから楽しみだよ。さ、史織ちゃん行くよ」

天野さんは、不思議な笑みを漏らして駐車場へと向かった。

✦

史織がいなくなって三週間が経った。

すぐに東京に戻りたいと言い出すと思っていたので軽い気持ちだったが、一週間、二週間と経つうちに苛立ちが増していった。

このまま永久に戻ってこなかったらどうしよう。最近ほとほと疲れ果ててしまい、研究もおぼつかなかった。研究室や仕事の関係者に悟られないように努めていたが、情緒不安定な聡美を見て、娘さんとうまくいってないみたいだよという噂が広まっていた。

育て方を間違えたのだろうか、と考えた。確かに娘といる時間は少ないが、この地位に就くまで必死に頑張ったのだから誰にも文句を言われる筋合いはない。別れた夫だって仕事が忙しいと言いながら別の女性と付き合っていて、離婚した。非は向こうにある。自分はけっして間違っていない。何度も自分にそう言い聞かせた。

今日は土曜日。聡美は研究室を早めに上がり、残りの仕事は自宅でやろうと考えた。

帰り道、史織に電話を掛けたが反応がなく、げんなりしながら道を歩いた。目の前では、小学校低学年くらいの男の子が父親と母親に挟まれ、両手をつないで歩いている。史織もあんな時があったかしらと、懐かしい思いで眺めた。

「かけっこ、ビリでごめんなさい」と男の子。

「関係ないさ。春翔《はると》が一生懸命走ったなら、それでいいんだ」と父親。

「最後までちゃんと走れた春翔を見られて、お母さん嬉しかったよ」

「僕、もっと練習する！」

男の子は両親から手を離して、道の向こうへ駆け出した。両親は顔を見合わせて男の子を追いかけた。聡美はなぜか胸が締めつけられた。


翌日、いつもなら日曜日も研究室で仕事をしている。しかし、今日はどうしてもそんな気分になれず、自宅のリビングでパソコンを開いたまま呆然としていた。

居ても立ってても居られず、史織の部屋に向かいドアを開けた。がらんとした室内はほこりっぽかった。カーテンを開けてベランダの扉を開けると、風が一気に室内に入り込んできた。急いで扉を閉め、乱れた髪を整えて史織の椅子に腰掛けた。

机の上のカレンダーは、史織が不登校になった五月のままだった。中間試験・全国模試という文字と並んで、「渋谷・鹿児島おはら祭り」と赤字で書かれている日を見つけた。一刻も早く東京に戻らせて、受験勉強をさせなければ……。

思わずスマホを手に取って、きっとかからないであろう史織に電話した。が、意外にも史織が出たので一瞬戸惑った。

「史織、いつまでそこにいるの」

強い口調で、溜め込んでいたうっぷんをぶつけた。

「聞いて。私やっぱり太鼓がやりたい」

太鼓太鼓って、苛立ちを覚えた。どうしてそんなに太鼓に執着するのかわからなかった。

「まだそんなことを言っているの？」

さらに言葉を強めると、少し間があってから、電話口に天野が出た。

「もしもし、お母さん。代わりました、天野です。今から良かもんを送りますから。そいなら」

一方的に電話を切られた。天野とは小さいころに一度だけ会ったことがあるが、どんな人物だったかほとんど記憶がない。自分の娘に屋久島に留まるよう誘惑しているであろう彼に、日に日に負の感情を募らせていた。良かもんなんて送らなくていいから、早く娘を返してちょうだい、そんな気持ちでいっぱいだった。

聡美はおもむろにクローゼットを開けて、史織がどこぞかで借りてきたバチを強く握りしめた。

（太鼓なんて……）

突然スマホが鳴り響いた。バチをクローゼットに戻しスマホをのぞくと、天野からメールが届いていた。以前、緊急のときにメールを送ってくださいと伝えていたことを思い出した。メールには動画が添付されている。聡美は、訝《いぶか》しげにそのファイルをクリックしてダウンロードした。すると、海岸沿いにいる史織の姿が現れた。鮮やかな衣装をまとった史織が太鼓を演奏している。

「史織⁉」

久々に見る史織の姿に目を凝らした。太鼓を演奏する史織は、聡美に一度も見せたことがない生き生きとした表情をしており、満面の笑顔を浮かべている。

これが「史織」――私の娘なの？

演奏が終わり、観客の拍手が鳴り止まない。動画の終わりに「史織ちゃん、最高」という天野の声。画像が斜めに揺れると動画は終了した。聡美は呆然とした。

――自分の娘がこんなにも生き生きとした表情を見せるなんて……。

東京に来てからの娘との接し方を思い返した。ああしなさい、こうしなさいとしきりに言い続け、史織の顔から表情が消え、しまいには不登校になった。

私、もしかしたら間違っていた？

聡美は頭を抱えながらリビングに戻った。何気なく目についた冷蔵庫を開けてみるとレトルト食品が大量につめ込まれており、カットされたパック詰めの野菜以外何も入っていない。

「最後に史織に料理を作ってあげたのって、いつだったかしら……」

自分が知らず知らずしてきたことは、娘にとってとても酷なことだったのかもしれない。そう思うと涙があふれてきた。

「私だって、つらかったのよ……。だから、必死になって頑張ったのに。これじゃあ、史織を幸せにしたいという想いと真逆じゃない」

聡美はテーブルに突っ伏して、涙が枯れるまでその場を動くことができなかった。

17

せいら君を抱えた私は、施設の駐車場に留めていた軽トラに乗り込んだ。天野さんが聡美さんに何をしたのか予想がつかなかったが、天野さんはその後もニヤついていた。

「おじちゃん、何したんですか？」

私は、天野さんのことをおじちゃんと呼ぶようになっていた。

「史織ちゃんにとってプラスになることだよ」

「ずるいなー、教えてよ」と、せいら君も突っ込んだ。

「そのうちわかるよ」

そう言って天野さんはエンジンを掛けようとした。すると今度は天野さんのスマホが鳴った。

画面の表示を見た天野さんは、首を傾げた。

「もしもし、どうかしましたか？」

天野さんの顔がこわばっていく。

「岩川さん、落ち着いて。万が一のときのニトロは？　はあっ？　見当たらない。そいは大変だ。……うん、うん、わかった」

大慌てで車のキーを回して、レバーを下げた。

「史織ちゃん、付き合って！」

天野さんは大声で言った。

「え、どうしたの？」

「この前、史織ちゃんと一緒に行った岩川さんのところのおじいちゃんが発作で大変なんだ。緊急時の薬も見当たらないそうで、このまま放っておくと最悪の場合、一時間以内で亡くなってしまう」

そういうと、急いで岩川さんの家に向かった。車中、天野さんの表情は厳しく、いつもは饒舌なのに一言も声を発さず運転に集中していた。細い林道に差しかかるとようやく一言漏らした。

「……待っててね」

細い山道に入り、車は少しだけスピードを緩めた。

「……あと、二十分」

すると、道の前方で車が何台も重なり渋滞していた。

「え？」

私とせいら君は、思わず叫んだ。

「何よ⁉」

天野さんは引きつったような声を上げた。車を急停止させて運転席を飛び降りた。私たちも天野さんを追いかけて外に出た。天野さんは、前方でたむろしていた若者たちに慌てて状況を尋ねた。

「どげんしたとな？」

「あ、先生。こん先で落石じゃっち」

「さっき、ショベルカーが到着したらしかけど、少なくともあと一時間はかかるみたいです」

若者たちは渋い顔をしていた。天野さんは落胆した表情で「そんなぁ……」と言葉を漏らし、私たちの元に戻ってきた。

「だめだ、どうしようもない」

私は何か策がないかと考え、この島が丸いことを思い出して、「島は丸いんだよね？　逆回りしようよ！」と提案したが、天野さんは首を横に振った。

「ダメだ、それじゃあ、三時間はかかってしまう」

「じゃあ、どうすれば……」

みんな一気にうなだれてしまった。そこに突然、天野さんのスマホが鳴り、岩川さんの娘さんが、私の耳元にまで届くような大声で話しかけた。

「先生、まだですか⁉」

「ごめん、もう少し時間がかかる」

「急いでください！」

天野さんはスマホを切ると、眉を八の字にして無言になってしまった。何かできないか考えてみたけれど、何も思いつかず困り果てた。すると、せいら君がいきなり言った。

「行き先って、この道をずっと進んだところですよね？」

「そうだ、ここから岩川さんの家までは車で二十分のところだ」

私は緊張しながら耳を傾けた。

「このロボット、携帯がつながる範囲なら、僕が操作して飛ばせます」

「ここから岩川さんのとこまで、たしか携帯はつながるはずだけど」

せいら君が何を考えているか容易に想像できた。彼は、自分が空を飛んで薬を届けようと考えているんだ。

「せいら君、ダメ！」

私は強くせいら君に言った。せいら君は、私の方に首を向けた。

「行かせて」

天野さんは車の運転席に駆け戻り、島の地図を持ってくると、岩川さんの家を指し示した。

「行き先は、ここなんだ……」

「行きます」

「薬を届けてほしい。それだけで一時的に落ち着くはずだ」

私は二人の会話に入ることができず、口をつぐんでいたが、心臓が破裂しそうだった。

「嫌だよ！　うまく飛べなかったら、このままずっとせいら君と会えないかもしれないんだよ！」

屋久島はうっそうとした木がそこら中に生えている。もしプロペラが木に触れてしまったら墜落してしまう。携帯の電波だって上空でずっとつながっている保証はない。それ以外にも何かトラブルが起きてしまったら、せっかく再会できたのに今度は本当のお別れになってしまうかもしれない。岩川さんのおじいさんは心配だけど、せいら君と別れるのは嫌だよ……。

「嬉しいんだ」

せいら君は私の顔を見つめて、そう言った。私は耳を疑った。

「え？」

「自分だからこそできることがあるって、最高に嬉しいんだ」

返す言葉が見つからなかった。せいら君はせっかく手に入れた自由な自分の分身を犠牲にしてでも、人の役に立ちたいと言っている。そんなにも誰かのために貢献したいという気持ちに、思わず胸を締めつけられた。

「せいら君……」

私はせいら君の想いを受け止めた。せいら君は両手を広げた。

「思い切り飛んでくる！」

その姿を見て、一つの気持ちが芽生えた。

――せいら君を信じよう。

「待ってるからね。せいら君が帰ってくるのをここでずっと――」

「大丈夫、すぐ戻るから」

「気をつけてね」

精いっぱいの気持ちだった。

「頼むね」

最後の望みを託して、天野さんは両手を強く握りしめた。


人混みから離れた場所に移動して、せいら君をゆっくりと地面に置いた。天野さんは車に置いてあったニトロの薬をビニール袋に入れ、せいら君に付いているドローンにくくりつけた。私たちは、せいら君からそっと遠ざかった。しばらくすると、ドローンのプロペラが勢いよく回転し始めて、次第に地面から浮かび上がった。私の背の高さを越え、どんどん上空に上がっていく。三メートルくらいの高さになると前進を始め、背の高い木々の間をくぐり抜け勢いよく飛び立った。

「待ってるからね！」

どんどん遠ざかるせいら君に、大声でエールを送った。

✦

星空は、タブレット画面の史織と天野のやりとりを見て、もどかしかった。この状況で、本当に岩川のおじいさんを救う手立てはないのだろうか。このままだと亡くなってしまうだろう。何もできないままじっとしていてよいのだろうか。その時、星空は閃いた。

（そうだ、今の自分なら飛べるじゃないか。「ニトロ」という薬さえ運べば助かるんだ！）

胸の鼓動が高鳴った。今の自分だからこそ、できることがある。

選択する道はただ一つ。

――自分が薬を運ぶこと。

その直後、自分が薬を届けることを天野に伝えた。史織は涙目で引きとめた。でも、これでお別れになったとしても、何もしないままこの状況を見過ごすことはできない。行動しなかったら、自分は一生後悔する。

出発前に一瞬、史織のスマホの番号かＬＩＮＥのＩＤを聞いておこうと考えたが、思いとどまった。一刻の猶予もない状況に加え、戻ってこれないという最悪の結末を考えたくなかった。

大きく息を吸い込み、タブレットの操作画面を「飛行モード」に切り替え、ロボットをゆっくりと浮上させた。タブレットに映る景色が少しずつ上空へと変わっていく。画面の左右にはうっそうとした樹々が映っている。ぶつからないよう慎重にロボットを前に進め、ある程度の高さまで浮かび上がると、無事に林道を抜け出せた。

ここから目標の場所までは二十分程度。慣れないドローンの操作をおぼつかない動かし方で慎重に行った。ゲームをしているような感覚だったが、これはあくまで現実の世界。操作を間違えたら機体は墜落する。ゲームオーバーは絶対に許されない。手に汗がにじみ出てきた。時折指が震える。落ち着けと自分に言い聞かせ、食い入るように画面を見続けた。

時間がどれだけ経ったかわからなくなったころ、一軒の民家が見えてきた。

「あった！　ここだ」

少しずつロボットを降下させると、民家の姿が徐々に大きくなっていく。庭では、以前見た中年の女性が、背伸びをしながらこちらに向かって懸命に手を振っている。自分が向かうことを天野さんがこの女性に伝えてくれたんだ。機体を丁寧に操作して地面にゆっくり着地させると、画面がカタカタと左右に不規則に揺れた。その直後、女性が薬の袋を持って家の中に駆け込んでいった。

（良かった。星空は、大きくため息をつき、ベッドの背もたれにのけ反った。

上半身は汗だくになっていた。安堵の気持ちもつかの間、史織の言葉を思い出した。

——待ってるからね。

そうだ、一刻も早く史織の元に戻らなきゃ。

星空はすぐさま体勢を整え、機体を浮上させた。一分でも一秒でも早く史織の元に戻りたい、史織に会いたかった。行きの操縦もなんとかできたのだから、帰りは行きよりも早く操縦できるに違いない。

星空は、背筋を伸ばして、両手に力を込め加速しながら戻っていった。

✦

せいら君が飛び立って四十分が経とうとしている。私は、林道から祈るようにずっと上空を見つめていた。

予定ではとっくに岩川さん家に着いているころだ。時折、天野さんに、岩川さんから電話がかかってきたか尋ねたが、険しい顔で首を横に振った。不吉な予感を振り払おうと、目をつぶって息を大きく吸い込んだ。奏さんがお母さんと会えるのを信じているように、私もせいら君と会えるのを信じるんだ。

突然、天野さんのスマホが鳴った。ドキッとした。

——せいら君！

急いで天野さんの元に駆け寄った。

天野さんは安堵の表情を浮かべた。スマホを口元から遠ざけ、「薬、無事届いたって」と私に言った。

「そいは、よかった」

「せいら君は？」

「ああ、そうだ」

天野さんは慌てて岩川さんにせいら君のことを尋ねたが、渋い顔をして首を横に振った。

「薬を受け取った後に、プロペラの音がすぐにしたそうだよ……。きっと史織ちゃんの元に少しでも早く戻りたいんだろうね」

スマホの時計を見た。せいら君が飛び立ってから四十五分は経っている。きっと間もなく帰ってくるはずだ。ちゃんと目的地まで行けたんだから、帰りだって絶対に無事なはず……。

車道の前方が騒がしくなった。遠くの車が少しずつ進み出したようだ。すぐそばにいた若者が、動き出したぞ！と大声で叫んだ。

「私は、史織ちゃん、おじさんは行かなきゃいけない。史織ちゃんは？」

「私は、ここでせいら君を待ちます」

「わかった。時間的にもうすぐだと思うから、合流できたら教えてくれるかね。おじさんも診療が終わったら、すぐにここに戻ってくるから」

天野さんはそう言うと車に乗り込み、進み出した車の流れに消えていった。

私は、せいら君の到着を今か今かと食い入るように空を見つめた。

✦

星空は、一刻も早く史織の元に戻りたくて帰路を急いだ。行きの経路でドローンの操作に慣れたためか、動かし方が少し粗かった。目がいつの間にか充血している。

しばらくして画面が左右に揺れ始めた。星空は目をこすったが、目の疲れではなく実際に機体が強風にあおられているようだった。揺れが徐々に大きくなっていく。星空の顔は引きつった。

「ダメだ！」

そう呟くと、画面はみるみる深い森の中に吸い込まれていく。うわっという悲痛な声とともに、映像が勢いよく乱れた……。

タブレットの操作を「飛行モード」から「通常モード」に切り替えた。映し出されたのは、周囲の木とは比べ物にならない大きな杉の木だった。机を強くたたくと、くそっと叫んで背もたれに身を傾けた。

「終わったんだ……」

真っ白な天井を見つめて大きくため息を吐いた。

✦

天野さんと別れてからすでに三十分が経った。せいら君は帰ってこない。私は地面にしゃがみ込んだ。手に汗がにじみ出て、焦りが募る。普通ならとっくに戻るころなのに、どうして？　その時、強い風が林道を駆け抜けて、髪が舞い上がった。

――まさか、風にあおられて落下したんじゃ……。

不吉な予感が脳裏をかすめたが、私は何度も首を振った。スマホの着信音が聞こえた。天野さんからだった。

「おじちゃん……」

泣き声になった。

「こっちは無事診療が終わったよ。せいら君は？」

「……まだ」

「え？　あれからだいぶ時間が過ぎてるけど……」

居ても立っても居られなくなった。信じたくないけれど、もしせいら君が墜落してしまったとしたら、捜し出せるのは今しかない。そして、私しかいない。暗くなったら、もう二度と彼と会えなくなってしまう。

――せいら君を捜しに行かなきゃ。

「おじちゃん、私、捜してくる！」

一方的にスマホを切って、せいら君が飛んでいった方角に勢いよく駆け出した。せいら君は、私が今いる場所から岩川さんの家に真っ直ぐに飛んでいったから、きっとその中間付近にいるはずに違いない。

先ほど吹き始めた風がますます強くなり、心の中に潜む暗い気持ちが少しずつ濃くなっていった。歩きながらスマホのマップを見て、せいら君が落ちてしまうとしたらどのへんだろうと想像した。道沿いに落ちたなら、きっと天野さんが気づくだろうから、森の中のはず。彼の飛行経路と蛇行している車道が交わる森の中に違いない……。

十分ほど走ると、車道が大きく蛇行している場所に出た。きっとこの付近に違いない、直感でそう思った。人がなんとか入れそうな森への道を見つけ突き進んだ。人影がない道を歩きながら、木の陰や古めかしい橋の下を隈なく捜した。けれども、せいら君の姿はなかった。少しずつ陽が落ちていき、焦る気持ちが強くなっていく。

「せいら君！」

私は思い切って叫んだ。

「せいら君！　せいら君‼」

耳を済ませて、せいら君の動く音が聞こえてこないか確認した。風の音、樹々の揺れる音、鳥のさえずり、猿の鳴き声、鹿の足音……いろいろと入り交じる音の中に、せいら君の声はなかった。

目の前に突如、坂道が現れ、踵《かかと》に力を入れてゆっくり下った。しかし、土が思いのほか湿っていて、滑り落ちて転んでしまった。顔が土まみれになり、服も泥でぐしょぐしょになった。でも今は自分のことよりも、一刻も早くせいら君を捜し出さなければ……。ゆっくりと立ち上がり、大声を発しながら、森の中を駆けめぐった。

「せいら君！　せいら……くん……」

喉も乾いてきて、声も次第に限界に達しようとしていた。杉の木にもたれ掛かって天を見上げた。

もうダメかも……。

その時、バッグに入れていたバチに気づいた。

（これならたたける！）

バチを取り出すと、大きく頭上に掲げた。全身全霊の力を込めて強くたたいた。森の中をバチ特有の高い音が響き渡る。生き物たちが驚き、かさかさと音を立てて騒ぎ立てる。私は、力の限界までたたき続けた。

——届け！　この想い!!

✦

星空はぐったりとうなだれていた。しかし、後悔はみじんもなかった。自分がいなければ、きっとおじいさんは救われなかっただろう。たとえこれで史織と会えなくなったとしても、それは自分が決めたことなんだ。

風景が変わらないタブレット画面を見ていても虚しいだけだ。星空はアプリの終了ボタンを押そうとした。すると、一定のリズムで高いキーの音が聞こえてきた。

（なんだ？　この音は？）

耳を澄ますと、それは太鼓のバチの音だとわかった。まさか史織がたたいている？

星空は、終了ボタンに伸ばしていた指を引っ込めて深呼吸をすると、「史織」と叫んだ。

✦

私はバチをひたすら打ち続けた。手のひらが痺れるような痛みを覚え、感覚が徐々に鈍くなった。腕の筋肉が限界を感じ始めた時、遠くでかすかに私を呼ぶ声が聞こえた。バチをたたくのを止めて、耳に手をかざした。

「……しおり」

確かにせいら君の声だった。

「せいら君!!」

私はかすれた声で思い切って声を上げた。

「史織!」

小さい声だが、間違いない。その声が聞こえる方角を探りながら、早歩きで進んだ。私の名前を呼ぶ声が少しずつ大きくなってくる。

「せいら君!」

「史織! ここだ。僕はここにいる。大きな杉の木の根元だ!」

あたりを見回すと、一本だけ目立った大きな杉の木を見つけた。その木の周辺をゆっくりと歩いてみる。すると木の根元にドローンが転がっていた。そしてその近くにロボットを見つけた。

「せいら君!」

「史織!」

私は、変わり果てたロボットをゆっくりと持ち上げると、そっと抱きしめた。

「良かった……」

私は、それ以上何も言えなかった。

「史織、ありがとう。よく頑張ったね」

一気に力が抜けてその場にしゃがみ込んだ。木々の隙間からのぞく空がすでに茜色に染まっていた。

「会えるって信じてたよ」

「私も信じてたよ」

私たちは言葉少なに、目の前に広がる夕焼け空を眺めた。そして呼吸が落ち着くと、ゆっくりと腰を上げて一緒に帰路に着いた。

18

森を抜けたのは、午後七時ごろだった。元来た車道に戻ると、ヘッドライトを照らした天野さんの軽トラが近づいてきた。天野さんは何度もこの道を往復しながら、私のことを捜してくれたようだ。

「迷惑をかけて、ごめんなさい」

「無事でよかった。岩川さんは助かったんだ！　君たちのおかげだ。本当にありがとう！」

天野さんは私とせいら君を思い切り抱きしめた。私は胸がいっぱいになって、天野さんの胸元で思い切り泣きじゃくった。

天野さんの家に帰ると、真っ先にお風呂に入った。せいら君は、ドローンが取れて少しみすぼらしい格好になっていたが、会話や動作は問題なくできたので、夕飯が済むまで二階で充電した。

食事を終えた後、どうしてもせいら君と二人きりで話がしたかったので、天野さんに許可をもらって夜の散歩に出かけた。

以前、奏さんと歩いた砂浜に行くことにした。その時は曇り空で、星が綺麗に見えなかったけれど、「晴天だと満天の星が降ってくる感じだよ」と奏さんに教えてもらった場所だ。

スマホの明かりを頼りに海岸にたどり着いた。誰もいないひっそりとした場所だ。海風が優しく私たちを手招きしてくれている。海の方を眺めると、水平線の位置がくっきりとわかり、その上には無数の星が輝いていた。体がもたれかかれる丸太を見つけたので、せいら君を抱えて体を預けた。

「すごい数の星だね」

せいら君は、驚いていた。

「うん、すごい。満天の星空」

「満天の星空でも、実はテストのように満点にはならないんだ」

「どういうこと」

「今、僕たちが見ている星以外にも実はまだまだたくさんの星が存在しているんだ。地球に光が届いているのはその一部なんだよ」

「そっか。じゃあ、テストの満点も実はそこまで大事じゃないのかもね」

「そう思うよ。見えているものだけで評価してはいけない。世の中には見えないものもたくさんあるんだ」

海岸に打ちつける波が心地よいＢＧＭのように聴こえてくる。私は、せいら君の欠けたドローンの部分をそっと触った。

「空を飛べなくなっちゃったね。また、日高さんに頼まなきゃ」

「もう十分だよ。あんだけたくさん地上を見下ろせたんだから」

「欠けちゃったから、後でおじちゃんの家に余ってる杉の木で補修してあげるね」

「ありがとう」

私は、遠くの空を見つめながら、ひときわ明るく光る青白い星を見つけた。

「ねえ、あの明るい星は何？」

せいら君は首を動かして、私が指差す星を確認した。

「こと座の一等星のベガだよ」

「え？　それって織姫と彦星の？」

「そうそう。秋の時期までギリギリ見えるんだ。こと座の隣にある少し崩れた形の十字型がわし座。彦星はこのわし座のアルタイルだ」

意気揚々と話すせいら君の声を聞いていると、ここにはいないせいら君の表情が浮かび上がってくるような気がして、自然と笑みがこぼれた。

「さすが、天体マニア。詳しいね！」

すると、こと座とわし座の間を通り抜けるようにして流れ星が通り過ぎた。あっ！と叫ぶと、せいら君に会いたい！　会えますように、と目を閉じて祈った。

この島で起きた出来事を一つひとつ振り返りながら、そろそろ東京に戻ろうと考えた。聡美さんにちゃんと太鼓をやりたいと告げて、大学は聡美さんが決めた学校には行かないことも話そう。それを受け入れてもらえなかったら、家を出て一人で暮らしていく。それが私らしく生きていくことであり、私の進む人生なんだ。そう心に決めた。

✦

聡美は、天野に電話をかけた。史織に対して一方的な教育をしていたことや、史織の話に耳を傾けていなかったことに気づいた、と伝えた。

「史織ちゃんはとってもいい子なんです。大切なのは、お母さんの心のあり方なんですよ」

聡美は涙ながら天野に感謝を伝えると、数日後に史織を迎えに行くと告げた。天野は、史織ちゃんが菊江さんに会うから、病院に迎えにいってあげてください、と優しく言った。

聡美は決心した。これから史織との接し方を変えていく。それが母親としての務めなんだ。

19

数日後、鹿児島市内に戻るための高速船乗り場にいた。空には綺麗な虹がかかり青い空がのぞいていた。少しだけ風が強く前髪が小刻みに揺れる。

乗り場には、天野さんだけでなく、仮屋さんや奏さんも見送りに来てくれた。

「元気でね、史織ちゃん。今度はお客さんとして来てね」

仮屋さんが優しい顔で声をかけた。

「はい、絶対に来ます」

バイトでの初日の失敗や、仮屋さんの温かい表情を思い浮かべながらあいさつした。

「史織ちゃん、また一緒にライブやろうね！」

奏さんはいつもの愛らしい笑顔を見せてくれた。

「はい！　私、奏さんのお母さんが見つかることをずっと祈っています」

奏さんから教わった仕事のやり方、教会での出来事、ライブの感動を思い返しながら丁寧に言葉を伝えた。すると聡美さんの姿がぼんやりと浮かんだ。

聡美さんにも、奏さんのお母さんと同じように娘にはわからない悩みや苦しみがきっとあるんだろう。それを自分一人で抱えながら頑張ってきた聡美さん。想像すると胸が痛んだ。そして、何でも聡美さんのせいにしている自分に気づいた。理解し合えないとしても聡美さんは大切な家族なんだ。もう一度、聡美さんのことをお母さんって呼んでみよう。そう思った。

最後に天野さんの方にゆっくりと体を向けた。なぜだか言葉が出てこない。今までたくさんお世話になった。美味しいご飯を作ってもらったり、何度も車に乗せてもらったり、屋久島の自然や歴史を教えてもらったり……。数えきれないほどの思い出がよみがえり、感謝の言葉を口に出したら泣いてしまいそうだ。

「言葉はいらないよ。史織ちゃんが笑顔でいてくれたら、おじさんは幸せなんだ。元気でね、史織ちゃん、せいら君」

天野さんは、そんな私の気持ちを察して、短く声をかけ、優しく肩をたたいた。私は、涙がこぼれ落ちないよう、目を精いっぱい見開いた。

「……本当に、ありがとうございました」

深々と頭を下げた。

このままずっとここにいると、この島を離れられない。この島でたくさんの温かい気持ちをもらい、東京では学べない数多くの経験をした。この場からいつまでも動こうとしない自分の足に向かって、「もう行くよ」と言い聞かせ、船に向かってせいら君とゆっくり歩き始めた。

「史織ちゃん、せいら君、元気でね！」

「また来てね！」

「待ってるよ！」

三人の声が私の背中から聞こえてくる。一度だけ振り返って大きく手を振ると、そのまま船の中に駆け込んだ。


「みんな、温かい人たちだったね」

着席すると、せいら君が話しかけた。

「うん、そうだね」

モーター音が響きだし、船がゆっくりと島を離れると、こらえていた涙がとめどなく流れた。

――いつか、必ず屋久島に戻りたい。

その時にはもっと自分らしくなって戻ってくる。そう強く誓った。

「これからどこに行くの？」

せいら君が尋ねた。

「おばあちゃんのところ」

「おばあちゃん？」

「そう。病院に入院しているの。近くには錦江湾と桜島があって、窓からの景色がすっごく綺麗なんだ」

星空は、思わず窓の外を見た。間近に錦江湾と桜島が見える。病院？　もしかして、それって、自分が今いる病院？　史織はもしかして……ここに来る？　想定もしていなかったことが突然訪れ、胸の鼓動が高まった。

——史織と会えるかもしれない。

史織がここに来たら、直に顔を合わせることになる。気持ちを落ち着けようと、ペットボトルの水を一気に飲み干した。

✦

バスを降りて病院の前に着くと、自然と笑みがもれた。

「ここがおばあちゃんのいる病院ね」

せいら君にそう教えて、病院の中に入っていった。

エレベーターに乗りながら、胸が高鳴った。病室にたどり着くと、私は元気よく扉を開けた。

「おばあちゃん！」

本を読んでいたおばあちゃんは、以前よりもだいぶ顔色が良くなっていた。

「あら、しーちゃん。おかえり」

「ただいま」

「すっかりよか顔になって！」

おばあちゃんは驚いた顔で出迎えてくれた。

「おばあちゃん、大切な出会いのきっかけをありがとう。屋久島でいろんな人と出会って、彼とも出会ったんだ」

「彼？」

私はバッグから顔をのぞかせているせいら君を掲げて見せた。

「せいら君っていうんだ。遠くからこのロボットを動かしてるの」

「あら、そうね！」

おばあちゃんは目を丸くして、ロボットを私から受け取った。

「なんだかよくわからないけれど、しーちゃんと仲良くしてくれてありがとう」

おばあちゃんはせいら君に話しかけた。

「初めまして」

せいら君は、あいさつした。

✦

星空は画面ごしに、史織が入っていった病院を見て、自分の病院だ、と確信した。

――やっぱり、史織は今、ここにいるんだ。

星空は、史織が向かった階と病室の部屋番号をしっかりと確認した。

――決めるなら、今しかない。

急速に感情が高ぶった。画面に史織の笑顔が映し出され、動こうと決心した。

ちょうど靖子が病室にやってきた。

「母さん、車椅子を借りてきて」

星空は思い切って、そう彼女に伝えた。

車椅子に乗ることに強く抵抗していた息子だっただけに、靖子はその言葉に目を丸くした。だが、すぐに小さくほほ笑むと、「ちょっと、待っててね」と、病室を足早に出ていった。

✦

屋久島で体験したたくさんの出来事をかいつまんでおばあちゃんに話した。おばあちゃんは、私の話に一つひとつ、「うんうん」と頷きながら、柔和な顔で耳を傾けてくれた。一通り話を終えた後、自分を苦しめていた胸の内を打ち明けた。

「私ね、お母さんを憎んでいた。大切な友達が亡くなったのも、大好きな太鼓ができないのも、全部お母さんのせいにしていたの。でも……それじゃダメだって思えたんだ……。お母さんに謝りたい」

私の言葉を聴き終えると、おばあちゃんは凛とした顔になり、ゆっくりと口を開いた。

「ありのままでよかよ。自分の思うことはやっていいんだよ。しーちゃんの人生は、しーちゃんが奏でるもんだよ。力強くたたいてね、心の中の太鼓を！」

おばあちゃんは握りこぶしを作って、力強く私にエールを送った。おばあちゃんの言葉が胸の中でこだまする。

――ありのままでいいんだ。

心の中に灯された火が、何倍にも明るさを増していった。

その時、病室の扉が開いて、聡美さんが様子をうかがいながらやってきた。

久々に見る聡美さんの顔を正面から見られず俯いてしまった。何から話そうか戸惑った。すると、聡美さんはゆっくりと話しかけた。

「お母さんの方こそ、ごめんね。……史織の気持ちをちゃんと考えてあげられる余裕がなくて」

顔を上げると、今まで見たことがない柔らかな表情の聡美さんがいた。自分の気持ちに寄り添ってくれたことがとても嬉しかった。今までは他人のような存在だったのに、今の聡美さんは私のたった一人の母親だと思った。

「史織の太鼓、お母さんにも聴かせてくれる？」

優しい言葉に思わず涙があふれた。

「お母さん……」

私は勢いよくお母さんの胸に飛び込んで、力いっぱい抱きしめた。お母さんもそんな私をそっと包み込んでくれた。

✦

星空は、その姿にもらい泣きをした。史織の幸せな姿を心から喜んだ。ちょうどそのとき、靖子が車椅子を部屋に持ってきた。今度は自分の番だ。星空は母親の助けでベッドから移動すると車椅子にゆっくりと腰を下ろし、感触を確かめた。

靖子が心配そうに星空に寄り、手伝おうとした。

「一人でやらせて」

星空はそう言うと、ゆっくりと車椅子の車輪を漕ぎ始めた。

✦

おばあちゃんは、三日後におはら祭りがあると言った。おはら祭りは、太平洋戦争後に始まった鹿児島を象徴するお祭りで、二万人以上の踊り手が街中を練り歩く。お祭りの中で太鼓は、踊りを盛り立てるのに欠かせない。

思わず「太鼓をたたきたい」と伝えると、おばあちゃんは、「任せておいて！」と胸をたたいた。

お母さんに、「いい?」と尋ねると、「もちろん!」とほほ笑んだ。

心が宙に浮くような気分で病室を後にした。お母さんとは、おばあちゃんの主治医と面談があるとのことで、病室を出たところで別れた。私は軽快な足取りでエレベーターに続く長い廊下を歩いた。

「史織!」

せいら君が、突然言った。

「何?」

せいら君は、あさっての方向を向いていた。故障かな?と思ったが、しばらくすると、もう一度、

「史織! こっち!」

と、呼びかけられた。

——え? ロボットの声じゃない。

どきどきしながらあたりを見回した。すると前方から青いパジャマを着た青年が、車椅子を不器用に動かしながら向かってくる。

——あ……もしかして……。

「星空君!」

「史織!」

緊張と高揚のなか、二人の距離が縮まっていく。

「初めまして。……っていうのも、おかしいよね」

「そうかもね」

星空君が笑ったので、私もつられるように一緒に笑った。

「長く借りていたこれ、星空君に返すね」

私は、ロボットをほんものの星空君にそっと手渡した。星空君は受け取ると、私をじっと見つめた。

「会えるって信じてたよ」

「私も信じてたよ」

20

私は、おはら祭りに参加するため鹿児島に滞在した。お母さんは、いったん東京に戻って仕事を仕上げ、お祭り当日は休みをもらってこっちに来るらしい。

「史織の演奏、楽しみにしているね」

お母さんは鹿児島空港で別れ際にそう言って、バチを手渡した。

「きっと、鹿児島で史織に必要になると思って――」

驚いたことに、吉田さんが貸してくれていたバチだった。私はそれをしっかりと握りしめた。

星空くんとはＬＩＮＥでやりとりした。ＬＩＮＥでの会話は、分身ロボットとの会話とは大違いだった。ロボットと一緒にいると、星空君がまるでここにいるようだった。ロボットの手や首が動くことで、星空君の気持ちがより伝わってくる。使わなくなって改めて分身ロボットの魅力を感じた。それにしても開発した人っていったいどんな人なんだろう……。

私は昔が懐かしくなって、小学校時代の同級生に連絡してみた。

「鹿児島に帰ってきたの？」、「どうしてたの？」、「元気？」と聞かれたので、屋久島でバイトしていたと答えると、みんな驚いていた。

お茶をしながら、小さいころの思い出話に花を咲かせた。やっぱり故郷って温かいな。大学は東京、大阪、福岡とそれぞれが進路の希望を持っていて、中には就職希望の子もいたので、みんなしっかりと自分の将来を考えているなとびっくりした。

友達と別れ、桜島が見えるおばあちゃんの家に続く長い坂道を歩きながら、澄んだ空気を吸う。私は無性に鹿児島が愛おしくなった。

「大学はこっちに戻りたいな」

日が経つにつれてそんな気持ちがどんどん強くなっていった。

おばあちゃんは無事お祭りの前日に退院でき、稽古場で私の練習を見守ってくれた。おばあちゃんが私の太鼓をたたく姿を見るのは小学生以来。成長した私の演奏を見て、おばあちゃんは目を丸くした。一通り終えると、あふれんばかりの笑顔で拍手を送った。

「これなら、明日の本番は大丈夫だね！」

その言葉を聞いて満面の笑みを浮かべた。そして、疑問に思っていたことを尋ねた。

「ところで、おばあちゃん。明日私が参加させてもらえる太鼓の団体ってどんな人たちなの？」

「明日のお楽しみ」

おばあちゃんは頬を緩め、小さく笑うと台所のほうに行ってしまった。

「おばあちゃん、私も一緒に手伝うね」

不思議な話し方に、私は首を傾げながら、おばあちゃんの後を追いかけた。

お祭りの本番。おばあちゃんは、「『城山ホテル』にメンバーが集まっているから、行ってごらん」と言ったので、朝六時のバスに乗ってホテルに向かった。「城山」とは、西郷隆盛が西南戦争で自決した場所として有名だ。その山の坂道の一番高いところにホテルがある。バスを降りると、私は思わず目を疑った。

「史織ちゃん！」

甲高い声とともに、どこかで見覚えがある人たちが立っていた。

「あれ!?　吉田さん！」

目の前に現れたのは、私の学校の体育館で太鼓を一緒に練習していた吉田さんたちだった。見覚えのある紅白の特徴的なはんてんを着て、みんな笑顔で迎えてくれた。

「どうして……？」

「実は、私はあなたのおばあちゃんの弟子なのよ」

なんでも吉田さんは、私が生まれるずっと前におばあちゃんの団体にいたらしい。吉田さんは、私の太鼓の打ち方を見てどこか不思議な感覚になり、私が鹿児島出身ということもあって、おばあちゃんとつながりがあることに気づいたそうだ。

こんな偶然があるのか！

「人生はね、運命的なことの連続なの。偶然は自分の心次第で、必然になるんだよ」

吉田さんは底抜けに明るい笑顔でそう言った。

「さ、史織ちゃん、すぐにお祭りが始まるから、これに着替えてきなさい」

私はみんなが揃って着ていたはんてんを手渡された。

「はい！」

「ステキな笑顔になったね」

吉田さんはほほ笑んだ。

着替えが終わると、大きめのワンボックスカー二台に分かれて乗り込み、天文館へと向かった。中心地はすでに交通規制になっていたので、近くの公園の脇に車を止めて、協力しながら太鼓を会場まで運んだ。

会場は、大通りのど真ん中だ。道に順々に太鼓を置いていき、演奏場所を陣取った。沿道には所狭しと観客たちが押し寄せている。その中に、ロボットを持った星空君の姿が見えた。すかさずバチを振って呼びかけると、星空君も笑顔でこちらに手を振った。近くにはお母さんとおばあちゃんの姿も見えた。少し離れたところには小学校時代の友達も駆けつけている。

「史織、しっかりね！」

「きばってよ！」

「史織、カッコいい！」

「きばるよ！」

大声で声をかけられたので、少し恥ずかしかったが、久々に使う鹿児島弁が心地よかった。

午前十時二十分。天文館全体に響き渡る音量で女性がアナウンスした。

「ただいまから太鼓の演奏で、おはら祭は開幕いたします！」

私たちは、せーの！と掛け声をかけ、いっせいに太鼓をたたいた。みんなと演奏するのは久々なのに、呼吸がぴったりと合って一人ひとりの太鼓の音が見事に調和する。自然としなる腕が爽快だった。周囲の歓声や拍手と自分たちの音が一体となっていく。その空気に酔いしれた。

――この感覚は、屋久島で過ごした時間のようだ。

自分の体の重力が消えていき、まるで宙を浮いているような感覚。

自分らしくいられることが幸せなんだ。そう感じた。

《太鼓はね、人の心をつなぐ力があるんだよ》

おばあちゃんが小さいころ教えてくれた言葉がよみがえった。そっか、人の心は見えないからこそ、こうして自分の心が自由になれたときに、自然と相手とつながることができるんだ。

「史織！」

どこからか懐かしい声が聞こえた。その声は明るく、私の心に深く染み込むような声だった。

「雪葉⁉」

思わず辺りを見回したが、雪葉の姿は当然見つからなかった。私は、まるで雪葉が目の前にいて一緒に太鼓をたたいてくれているように感じた。

（雪葉……東京に帰ったら、ちゃんとあいさつしに行くからね。助けてあげられなくてごめんね。私、雪葉の分まで、しっかりと前を向いて生きていくからね）

雪葉に向けての感謝と弔いの気持ちをバチに込めた。

21

お祭りが終わって東京に戻る日がやってきた。星空君も同じ日に種子島に帰る。

「実は、これを直してもらった時にね、種子島に住んでいる博士の日高さんのところに行ったんだ。日高さんに頼んで、ドローンを付けてもらったの」

私はロボットを見つめながらそう言った。

「そうなんだ。じゃあ、今度、新しいドローンを持ってその日高さんに頼みに行ってみるよ」

私は、日高さんが困った時に連絡しなさいと教えてくれた連絡先を星空君に伝えた。そして、気になっていたことを星空君に尋ねた。

「ねえ、逆に、このロボットを開発した人がどこにいるか教えてくれない？」

「ああ、母さんから聞いて今度ＬＩＮＥで送るね。でも、なんで？」

「ちょっとね」

私は、ロボットを開発した人のことを深く知りたいと思っていた。もしこの人が大学の先生をしていたら、その大学に進学したいと密かに考えていたのだ。太鼓の演奏はもちろん続けたい。でも、それだけではない私の進む道を考えるようになっていた。

「史織……あの……もしよかったら、来年、種子島に来ない？」

「え？」

「七夕の日。それも旧暦の」

「旧暦？」

「そう、実は昔、鹿児島は八月七日が七夕だったんだ。八月は、天の川やペルセウス座流星群がバッチリ見える。史織も夏休みだし、七月よりも来やすいでしょ」

なんだか私と星空君との関係が織姫と彦星のように思えて、こそばゆく感じ、思わず顔を赤らめた。

「どうしたの？」

「ううん……なんでもない。来年の七夕、八月七日ね。楽しみにしているね！」

そういうと、私は「さよなら」なんて云うのもなんだか照れ臭く、そのまま飛行機の搭乗ゲートに駆けこんだ。

（来年の七夕。私たちはどんなふうになっているのかな……）

飛行機から桜島を見下ろす。いつものように火口付近から白い煙が延々となびいていた。


東京に戻ると、雪葉のご家族に連絡をとり、仏壇にお線香を上げさせてもらいたいと頼んだ。ご家族は快くお願いを受け入れてくれた。

雪葉のお父さんとお母さんは優しく迎えてくれた。雪葉のことを助けられなくてごめんなさいと深々と頭を下げ、ご両親にお詫びした。お二人は「史織ちゃんのせいではないですよ」となだめてくれた。

仏壇の雪葉の写真を見て、涙を流しながら心を込めてお線香を上げた。

ご両親は、特定の三人の男女に雪葉は悪質ないじめを受けていたと語った。クラスの担任や他の先生たちは、そのことをまったく把握できていなかった。そして、学校は教師主導の体制を反省して、勉強や進学だけにとらわれない環境にしていくとご両親に伝えたそうだ。いじめていた生徒も、両親が不仲だったり、社会的に地位の高い親でしつけや教育が厳しすぎてプレッシャーを感じていて、心の行き場のなさが、人一倍繊細な雪葉にいじめとして向いてしまったとのことだった。

私自身もお母さんとのいざこざで自分の心を見失った。親子関係が子どもの心に大きな影響を与えることを身をもって体験している。これからこうした悲しい出来事が生まれないよう何が何でもいじめを防がなければならない。そんな使命を感じた。


数日後、私は半年ぶりに登校した。久しぶりの学校でクラスメートからなんて言われるか緊張したが、みんな特別な目で見ることなく接してくれた。ホッとしながら授業を受けると、雰囲気が変わったことに気がついた。今までは先生が一方的に話すばっかりの授業だったが、クラスメートがお互いに話し合ったり、教室の中を歩き回って教え合いっこしている。

「なんか、一学期と全然雰囲気が違うんだけど……」

真珠に尋ねた。

「いじめのことがあってからね。学校も授業のやり方を変えたんだって。先生が教えるだけではなくて、私たちが話し合ったり、考えたり、発表しながら授業を進めてるんだよ」

「へー、楽しそう」

もう一つ嬉しいことは、星空君が毎日のようにＬＩＮＥを送ってくれることだ。もちろん、私も日課のように返した。

『史織、母さんに藤吉先生のことを聞いたら、鹿児島先端科学技術大学の准教授だって。』

『ありがとう！』

『今日、日高さんのところに行ったんだ。史織が教えてくれた通り、ちゃんとかるかんの手土産を持っていったら喜んでたよ。』

『良かった！　日高さん、いかにも研究者って感じだよね！』

『ロボットにちゃんとドローンがくっ付いたよ。』

『すごーい！　ちゃんと飛べたの？　あまり無茶しないでね。』

『今度市役所に行って、自分にできる仕事がないか尋ねてみるよ。』

『やるねー、良い仕事見つかるといいね。』

『観光協会ってところを紹介してもらった。今度、面接があるんだ。』

『へー、面接かー。星空君なら、きっと大丈夫よ！』

『やったよ！　今度、分身ロボットを使って、観光案内のガイドをしていいって。』

『すごいじゃん。やったね！』

星空君は、しっかりと一歩ずつ自分の人生を切り開いている。

あるＨＰをじっくりと見た。

「鹿児島先端科学技術大学……藤吉、藤吉……あった！」

ＨＰには、「藤吉研究室」と書かれたページがあった。冒頭には、星空君が伝えてくれた特徴と同じ藤吉先生の顔とあいさつ文が書かれている。私は、研究内容を隈なく読んだ。

――分身ロボットを活用して、人々の孤独を解消する。誰もが自分らしく生活ができ、障碍の壁を越えて、仕事ができる社会を生み出す――

読み進めていくうちに胸の鼓動はどんどん高鳴っていった。探していた人生のテーマがここにある――。


週末、お母さんは仕事のお休みを取ったので、久しぶりに渋谷に一緒に出かけた。

いつも学校に通う街並みを、お母さんと私服姿で一緒に歩いているのがちょっと不思議だった。間もなくクリスマスシーズンということで、至るところにサンタさんや雪だるまの装飾が施されている。

ランチは、外観がオシャレなイタリアンのお店に入った。私はトマトジェノベーゼ、お母さんはラザニアを注文した。

「ねえ、お母さん。今度、学校の『情報』の授業で、チームの探究発表会があるの」

「へー、史織たちは何をするの？」

「プロジェクションマッピングやりながら、私は太鼓の演奏するんだ。『デジタルとアナログの融合』がテーマなの」

「それは面白そうね。史織ならきっとうまくできるわ」

お母さんはほほ笑んだ。実は、もう一つお母さんに伝えたいことがあった。何度か言葉がつっかえたが、目の前のジュースを一口飲んでから、意を決した。

「私ね、大学は東京じゃなくて、鹿児島に行こうと思うの」

お母さんは、突然の話題に少し驚いた。ちょうどその時、店員さんがパスタとラザニアを運んできた。私は軽くお礼を言うと、お母さんの目を見てそのまま話し続けた。

「鹿児島でね、星空君が使っていたロボットに興味を持ったの。ロボットってＡＩだけじゃないんだなってことがわかったんだ。私はあのロボットの温かみがあるところがとても好きで、遠くで人間が操作するところにすごく心を惹かれたの。星空君みたいに身体が不自由で動けない人って、世の中にはたくさんいるでしょ。あのロボットがもっと社会に広がっていったら、悩んでいる人や苦しんでいる人が救われて、その本人や家族が笑顔になれるって思えたの。だから、私はあのロボットを開発した先生のいる大学に行きたいんだ」

お母さんはしばらく表情をこわばらせた。私はお母さんの顔を見つめ、なんて言われるのか緊張して待った。しばらくすると、優しい眼差しでそっと口を開いた。

「思っていることを伝えてくれてありがとう。史織が決めたことなら大丈夫。お母さん、心から応援するわ」

　私は、お母さんの意外な言葉に、思わず涙がこぼれた。

「あらあら、パスタが涙でしょっぱくなっちゃうわよ」

　お母さんが笑ったので、思わずつられて笑った。

「さ、食べましょう」

「うん、いただきます！」

エピローグ

翌年の八月七日、旧暦の七夕の日。私は、星空君との約束通り種子島に行った。

久々に会った星空君は、車椅子にすごく慣れていた。その車椅子は新型でバッテリーが付いていて、加速したり回転できて、星空君は自慢げにそれを見せた。

私たちは、夏の暑さを感じさせない林道を散歩した。星空君に学校のことや母親のこと、そして進学しようと思っている大学のことを話した。

「一年で史織はずいぶん変わったね。なんていうか、しっかりしてきたというか」

「なにそれ、昔はしっかりしてなかったっていうの？」

「いや、えっと……頼もしくなったっていうか」

しどろもどろしている星空君を見て吹き出した。夕暮れが迫っていた。海からなびいてくる風が心地よく私たちに届いた。

「そうだ、史織、ちょっと寄り道しない？」

「いいよ。どこ行くの？」

「まあついてきてよ」

星空君は車椅子をさっそうと動かして、丘の上に進んでいった。追いかけるようにして彼についていき、三十分ほど坂道を登ると周囲はすっかり薄暗くなった。街灯を手がかりにしててっぺんにたどり着いた。

「だいぶ歩いたけど、何があるの？」

「ほら、見てごらんよ」

星空君が空を指した。

「わ！　すごい！　屋久島で見た時に似ているね」

「そうだね。海岸沿いで見る星も好きだけど、僕は昔からこの場所の夜空が大好きなんだ」

無数の星の輝きに、私の目頭は熱くなった。両親と見た天の川だ。私は昔、この島に来ていたんだ。

「こうして星空君と一緒にここにいるのが不思議だな」

「奇跡は起きるものではないんだ。起こすもんなんだ」

「なにそれ？」

「僕の父親の受け入りの言葉なんだ」

「じゃあ、私たちは奇跡を起こしちゃったね！」

満天の星空が願うように、私たちはそっと手を握りしめた。

その翌年、私は大学生になった。念願の鹿児島先端科学技術大学は、鹿児島市がある薩摩半島とは別の大隅半島にあった。鹿児島市内の雰囲気とはだいぶ違っていたが、自然が豊かで人も温かく、こののどかな場所に魅了された。和太鼓サークルがあったので、迷うことなく入部した。

星空君はＮＰＯ法人を立ち上げ、社会起業家としての活動を始めた。体が不自由な人たちが社会に参画できるように自立や就労の支援を手がけている。宇宙への憧れはもちろん今でも持ち続けていて、天体観測は趣味として欠かさず行っていた。

そんな星空君とＬＩＮＥで毎日やりとりをしながら、年に一回、八月七日に、必ず種子島で会った。一年間でお互いがどれだけ変われたかを伝え合う日だ。

大学三年生になった時、突然、星空君から告白された。まさかそんなことを星空君が考えていたなんて思いもよらなかったので、心臓が飛び出るくらい驚いた。私は迷うことなく受け入れた。星空君とやりとりするようになって、私は一人ではないんだと強く実感したからだ。

大学四年生になり、憧れの藤吉先生の研究室に所属することができた。先生は、今は百二十センチメートルの大きさの人型分身ロボットの開発を行っている。今までは、誰かの手によってロボットを運ばなければならなかったが、これからは身体が不自由な人でも、自分の視線でロボットを遠隔操作し、底面に付いているローラーでロボットを歩かせることができる。星空君にそれを伝えたところ、彼はとても喜んだ。

「僕らの団体のスタッフがその人型の分身ロボットを使ったら、カフェのお店が開けちゃうね。注文を取ったりとか、お茶を出したり」

「それ、すごくいい！」

私は、その内容を早速、藤吉先生に伝えた。そうしたら、藤吉先生は、即座に「ぜひやろう！」と答え、私はそのプロジェクトのリーダーを任せられた。

大学の食堂の一角を借りて、カフェは一週間限定で特設されることとなった。

カフェ開催までの間、私は藤吉先生のもとでロボットの開発や試験運用を担当し、星空君はスタッフの確保やカフェのシフト表の作成、お店の内装の準備に奔走した。

あっという間に月日は過ぎ去り、クリスマスが近づいてきた年の瀬に、私の研究室と星空君の団体とがコラボレーションしたカフェが生まれた。

――私たちが名づけたカフェの名前は、ＤＡＷＮ。すなわち〝幕開け〟。

世代や身体の特徴を超えて、お互いの価値観や気持ちを理解し、手を取り助け合っていく。

身体が不自由なことが社会に参画する障壁にならないようにテクノロジーがあらゆる人間の支えとなり、自分らしく生きていける新しい社会のあり方を広げていく。

私たちの合言葉は、

「心が自由なら、どこへでも行けて、なんでもできる」

その幕開けが今、始まったのだ――。

（了）

対談

ロボットをもう一人の自分として、新たな関係性をつむぐ

古新 舜 × 吉藤オリィ

番田雄太さんがつないだ縁

古新　本日は貴重なお時間を心より感謝申し上げます。まずは、オリィさん、私との出会いを覚えていらっしゃいますか?

吉藤　そうですね。共通の友人、番田雄太[※1]という男が、古新監督と連絡をとっていたんですよね。当時、番田、私をはじめ一緒に面白いことができそうな人にメッセージを打ちまくっていたんですよ。たしか六千通近く。私も番田と出会って、その後たまたま自分と出身大学が同じ早稲田ということもあって古新監督とつながり、国際福祉機器展で語り合いましたね。その後も何度か、番田がいろいろと新しい挑戦、「東京でパーティーをやりたい、イベントをやりたい」と話した時に、相談役として私と古新

監督が入ったりしましたね。OriHime[※2]の映画をつくるという話もそういう交流から少しずつ企画が本格化していきました。古新監督には、まだ全然有名でもなかったオリヒメに興味を持っていただいて、番田の協力もあって徐々に関係が深くなっていって。映画「あまのがわ」の話は番田と私をモチーフにしたと古新監督は言ってくださいますけれど、私と番田と古新監督というより、最終的には番田と古新監督の作品だったと思えるぐらい、番田もすごく思い入れのある、伝えたかったメッセージが込められた映画になったと思いますね。

古新　ありがとうございます。そうですね、オリィさんとは運命的に出会って……。たしか二〇一四年、三鷹のオリィさんの研究所にお邪魔しました。

吉藤　三鷹の、三、四人ぐらいしかいなかった小さなオフィスに来ていただきました。あの頃はまだオリヒメというロボットが、テレビに出たり有名になったりするはるかに前でした。番田が私を見つけてきたのが二〇一三年の冬。その後、杉並稲門会[※3]で講演させていただいて、それから半年後に古新監督との出会い。まさにあの頃は今につながるいろんな伏線が張られた時だったなと思います。

オリヒメの映画を創りたい

古新　人との出会いって早からず遅からずとよく言いますけれども、本当にいいタイミングでした。番田君も、まさかそういう形で映画を創るとは思いもよらなかったのではと感じています。そして、初対面でオリヒメのコンセプトをうかがった時に、「ロボットは、テクノロジーが進んでいく中で不可欠だよ」とか、「ロボットと共存して、人間はもっと楽な生活になっていくよ」みたいな一般的な話をする人が多かったなか、「ロボットは、人と人との出会いやコミュニケーションをサポートする黒子の役割であってもらいたい。いつかはロボットがいなくても、人と人とが出会えるようになってもらいたい」というような視点が、本当に目からウロコでした。いまだによくその話を覚えています。オリィさんの講演ってもちろん多くの方が感動するんですけど、私自身も初めて直に聴かせてもらって、こんなプレゼンテーションをする人がいるんだなとびっくりして、もう感極まってしまいました。それで、オリィさんが掲げるオリヒメの開発への志に感動して、初対面の当日に「オリヒメの映画を創りたいです！」とその場で話をしたんです。いきなり映画監督から「オリヒメの映画を創りたい」と言われた気持ちはどうでしたか？

吉藤　正直申し上げて、すごくありがたいけれども、お世辞だろうと思っていました。私もまだ全然実績を積み上げていないどころか、オリヒメというロボットはまだ製品化すらしていない時期だった。オリヒメが世の中に出始めるのが二〇一六年で、その二年前の話ですから。なので、その時につくった映画のティザー映像[※4]や本編を撮影している時は、オリヒメってまだ不安定な、ちゃんと動いたかどうかも怪しいところがありました。だから、映画のご提案はすごくありがたいし楽しそうだなとは思いつつも、映画って全然関わったことのない世界で、実感が全くなかったですね。ただ、古新監督と話していて思ったのは、私がロボットを使ってやりたいことって、便利さとか自動化ではなくて、関係性をつくることだったんですよね。我々は「関係性ベンチャー」みたいなことを当時から思っていて、人間の存在を伝達したいし、できないをできるに変えたかった。他の人との関係性をどうつくっていけるか、というところにフォーカスしていたんですよね。つまり、人の関係性をロボットによって補完するとか強化していくとか、新しい出会いをつくるということに理解を示してくださる方が、当時は全然いなかった。そういうなかで番田も障がいを抱えた当事者ですし、古新監督が他のロボットではなくてオリヒメに注目してくださった時は、理解者が得られたという気持ちですごくありがたかったです。

ロボットは手段で、その目的は関係性

古新　そうですね。関係性ってすごく大事で、物質社会で経済が成長していくなかで、人間って効率性だったり、目先のことに捕われがちだなって常々感じています。東日本大震災や新型コロナで突然、非日常の世界になったときに、あれ?自分たちの当たり前の中に、見失っていたものがあるんじゃないか?と私たちは気づかされます。こんな視点を持ったら、生きるとは何ぞや、ということをより考えられるんじゃないかと思うんです。だから私は、オリヒメの映画もやっぱりこの現代社会に埋め込んでいく使命があり、必然的に生まれたものだと思っています。ロボットを使っている方々がロボットに依存するのではなくて、ロボットを駆使して自分自身がどのように自分らしい人生を踏み出していくか、自分がどうやって人生の選択を自己決定させていくか。そういう発想を引き出してくれるのが、オリヒメで、その部分がとても魅力的だと思っているんです。

吉藤　そうですね。うちの会社は分身ロボットカフェ[※5]というのもやっていて、このプロジェクトは当初、古新監督に関わっていただきました。分身ロボットカフェをやっていると、「オリィさんは居場所をつくっているよね」といつも言われるんですが、私は居場所はつくっていないんですよね。居場所やその人のやりたいこと、目的っていうのはその人の中にあるもので、その人自身が見つけていかなくてはいけないものです。だから、私が居場所をつくってそこにみんなが入れるようにするというアプロー

チ、もちろんそれはそれで素晴らしいことなんだけど、私がやりたいのは、それぞれが自分の居場所であったりとか生きていていいんだという気持ちであったりとか、そういうものを発見できるようなツール、そのための手段をつくりたいということです。そういう意味ではロボットは手段で、その目的は関係性のようなもので、それが私のコンセプト。これは古新監督とも話したことで、監督が映画を創るときの目的は、ただ映画を創りたいというのではなくて、もっと理念的な部分、それを手段として映画を創られているというところに、単純に「映画×ロボット」ではないものを感じて、一緒にやれそうだなと思えたということがありました。

古新　ありがとうございます。ロボットはコミュニケーションのツールであって、それをいかに私たちが使っていくか。それは私自身も同じで、映画監督として映画を創りたいとか映画を創って終わりじゃなくて、そこからみんなが何を感じ取って、自分の中にどうそれを変容させていくか、自分ならではの発想を持つかというような、ある意味、映画を通じた学びのきっかけづくりをしている。オリヒメのコンセプトは分野は違えどもそういったマインドがシンクロしていることで現在に至ったというか、方向性が一緒だったから同じ船で旅をできたということは感じましたね。

映画製作のこと

古新　ところで、初めて携わる映画製作だったと思いますが、いかがでしたか？　作品が撮影されたり、屋久島に来ていただいたり、試写会とかいろいろやりましたけれども。

吉藤　むちゃくちゃ貴重な体験をさせてもらったなと感謝しています。本当に映画製作は大変なんだなと感じました。私は現場にずっと関わっていたわけではないので、現場の方々の大変さには全然及ばないんですけど。でも、やっぱり映画というものを目指すときに、今あるものじゃなくて少し先のものを入れたかったということもあって、「映画をSF的にしてもいいですよ」とか古新監督に伝えました。

古新　ははは、ありましたね。既存のオリヒメをそのまま活用しても映画はできたと思うんですけど、オリィさんが、「古新監督、一つだけ要望がありまして。近未来だったり、通常のオリヒメじゃないことを少し組み込んでいただきたいのですが」とおっしゃったので、こちらもクリエイティブのプロとしては、どうアレンジしようかなと考えました。今回の「あまのがわ」というタイトルの由来はもちろんロボットのオリヒメからきているのですが、宇宙とか自然とか自分の目線じゃないところから物事を見ていくと、私たちは地球や宇宙という存在に生かされているなと感謝できると思うのです。その象徴がオリヒメであるし、番田君は今、天国に旅立ってしまいましたけれども、彼自身も自分の日常からじゃなくて違う所から物事を見たときに、それまでの世の中への見方が変わっていって、自分自身の可能性を信じ、切り開いていった。そういうところに、今回オリヒメとドローンを合体させた私自身の思いもありました。それがおかげさまで功を奏したというのはすごくうれしかったです。ロケ地となった屋久島への思いはいかがですか？

吉藤　オリヒメというロボットを造るに当たって一緒に語り合ってきた仲間がいて、彼らと「こういうロボットを造っているんだよ」という話をしたのが二〇〇九年、実は屋久島だったんですね。私自身がすごく自然が好きで、昔からずっと屋久島に行きたかったんですよ。縄文杉は絶対行きたいと思っていたし、もし私がツールをつくるなら、研究所の中だけで完結するロボットじゃなくて、自然の中に違和感なく（その自然というのは人間社会を含めての自然という意味で）、しっかり入っていけるということを目指したものであったということです。そしてそのメンバーたちと後に、今やっている「オリィ研究所[※6]を立ち上げることになって、屋久島を勝手にオリィラボ発祥の地と呼んでいるんですよ。そういう想いがあったので、屋久島ってすごくいいんですよねって話を、古新監督との初対面の時にさせてもらって。

古新　そうでしたね。想いが連鎖していく、受け継がれていくというのも、この「あまのがわ」では大切にしているコンセプトです。仲間の一人、番田君は、オリィさんにとってどんな存在でしたか？

吉藤　親友だと思っています。ビジネスパートナーでもあるし。もしかしたら、単純にビジネスパートナーとか親友に上手く当てはまらないというか、弟子であり師でもある。お互い教え合っていたし、教えられていたんですね。社会との接点という観点で、学校に行っていなかった番田には、帰りたい場所とか行きたい場所が無かったんですよね。だから彼は、そういった居場所づくりだとか、人との出会いから始めなきゃいけなかった。そこが私に無かった視点でした。上手く人のコミュニティに入っていくのって、やっぱりきっかけが必要なんですよ。いきなりみんながいるところに生身の人が入ったとしても、「仲間に入れてくれよ」と言われたら、「いやいや。誰だ？お前」となるんです。その一歩目を踏み出すところはまだまだ支援が足りない部分があって、役割がある、そこにいる理由があるということが強いんですよね。そこにその人が存在している理由として、人のために何かできるかとか、役に立っているかというのを番田は望んでいて。そういうものをどうやったらあらゆる人たちが適材適所的に、自分が人の役に立っているという実感を持てるか。オリヒメのコンセプトは、そういうところから来ているのです。

読者へのメッセージ

古新　こういう時代だからこそ、ただ自分がいて同じことを繰り返すんじゃなくて、誰かから「ありがとう」「助かったよ」とか言われたら、やっぱり自分は生きててよかったなとうれしくなると思うんですけど、番田君自身が社会から分断されてしまったなかでそういう自信をつけられたというのはすごい可能性がありますね、オリヒメには。それでは最後に、小説「あまのがわ」を読んでくださる方々に向けて、オリィさんのメッセージをお願いします。

吉藤　そうですね。「あまのがわ」の映画の中には、技術、ロボットが登場しますけど、ロボットは一つのパートナーでありツールであって、その奥には人がいて、重要なのはそこで人が出会って、その人たちが困ったときに助け合ったりという関係性であり、それが今回「あまのがわ」という作品の主軸に置かれていると、私は思っています。いつまで経っても主人公は人だったりするんですよね。自分が困ったり何かあったときに、技術もそうですけど、人に頼れるとか人に相談していいんだとか。人は人によって癒やされたり、徐々に前向きになっていくんだということ。これから先の時代が、どういうふうになっていくのかは知りませんが、ＡＩとか人工知能とかテクノロジーっていうものが人の仕事を奪っていくのではなくて、別にテクノロジーとか難しく考える必要はなくて、そういったものを自分がうまく使いこなすことで、自分がやりたかった方向に相談したり助けを求めることで、自分は生きていていいんだと思えるようなもの。困ったときに見てもらえる小説であったり映画であったり、我々のツールであったり、そんなものになってほしいと思います。

（令和三年二月二十二日（月）十三～十四時／Ｚｏｏｍにて）

著者注

※1 **番田雄太** 4歳で交通事故に遭い、頸髄損傷で寝たきりの生活を20年以上続けてきた。OriHime のパイロットであり、オリィ研究所代表・吉藤オリィ氏の秘書。2017年9月に28歳で永眠。

※2 **OriHime〈オリヒメ〉**「ロボットと人ではなく、人と人をつなぐロボット」をコンセプトに開発された遠隔操作のアバターロボット。インターネットを通じて遠隔からの操作が行え、行きたい場所に置くことでテレワークや遠隔体験が可能となる。

※3 **杉並稲門会** 東京杉並区在住の早稲田大学OB・OGが集うコミュニティ。趣味や地域別の活動、他稲門会との交流など、多種多様な活動内容を通じ、校友の親交を深めている。古新舜は2013年より会員。

※4 **ティザー映像** 映画の本編が制作される過程で、作品の世界観を伝えるために制作されるプロモーション映像。

※5 **分身ロボットカフェ** ALSや脊髄損傷などをはじめ、病気、入院、海外在住などさまざまな理由で、自分の体を現場に運んで働くことが困難な方々が、自宅や病院にいながら自分の分身となるロボット「OriHime」を遠隔操作し、お客さまに喜ばれる接客を行うことができるかという実験カフェ。

※6 **オリィ研究所** 孤独化の要因となる「移動」「対話」「役割」などの課題をテクノロジーで解決し、これからの時代の新たな「社会参加」を実現する遠隔分身コミュニケーションロボットの研究チーム。代表はロボットコミュニケーターの吉藤オリィ氏。

あとがき

この本を手に取ってくださった読者の皆様に心より感謝いたします。

鹿児島を舞台にして映画が先に完成し、そして本書が生まれました。映画から小説、小説から映画、どちらからでも作品を楽しめるように工夫しました。

対談の通り、私と吉藤オリィさんと番田雄太さんが出会ったことがきっかけで、「あまのがわ」の企画が始まりました。映画が完成するまでに、吉藤さんや番田さん以外にも、私のビジネスパートナーの松本沙織さん、映画のプロデューサーを務めてくださった森武彦さん、鹿児島のことをたくさん教えてくださった地域プロデューサーの植村耕二さんはじめ、キャスト、スタッフ、鹿児島の関係者、各地の応援者の方々と、大変多くのご協力を賜りました。深く感謝いたします。そして、鹿児島のご縁から、ラグーナ出版さんともめぐり会いました。小説の出版にご尽力くださいました川畑善博さんとスタッフのみなさん、小説の世界観をふんだんに表現してくださった装画の露草さん、鹿児島弁監修の西田聖志郎さん、医療監修の冨岡譲二さん、太鼓監修の吉田もみじさん、天文監修の長谷川稜さん、教育現場アドバイスの藤牧朗さん、初稿執筆時にご意見をいただいた野間美智子さん、カバーのタイトルをデザインしてくださった明石あおいさん、出版社さんとのやりとりをサポートしてくれた当社の古内勇気、私の心の支えとなってくださった高円寺のＢＡＲ「人間失格」マスターの土田拓生さん、日本語作成技術の大切さをご指導くださった伊藤泰信教授ほか、多くの関係者の皆様にも厚く御礼申し上げます。

映画の撮影を行う直前に二十八歳という若さで亡くなった番田雄太さんは、作品のテーマである「人との出会いの素晴らしさ」、「自分の人生を自ら切り開いていくことの大切さ」を教えてくれました。彼の「心が自由なら、どこへでも行けて、なんでもできる」という言葉は、コロナによって社会の様相が一変した現代に不可欠なメッセージだと感じます。社会の当たり前を鵜呑みにせずに、起きる出来事に対して自分の素直な心で向き合い、しっかりとその気持ちを相手に伝えていく。正解が一つではない時代だからこそ、自分の心を磨いていくことで、人生は必ず輝いていくと信じます。

自分を信じる力、そして仲間を信じる力を大切にしてほしい——。

天国にいる番田さんが遺してくれた気持ちを、皆様に作品を通じて届けられることを作者としてとても光栄に感じます。

私の前作「ノー・ヴォイス」では、犬や猫の命をテーマに作品を創りました。犬や猫たちが幸せな社会は人間にとっても幸せな社会というメッセージを込めています。これから製作する新作の「いまダンスをするのは誰だ？」は、パーキンソン病をテーマにした映画です。どの作品も、人間はさまざまな命に囲まれながら生かされている。だから、すべてにおいて自分一人で完璧を求めなくていい、欠けているから助け合える。そんな共同体感覚を伝えていきます。

私は、小さい頃から長年いじめを受け、苦しい幼年期・青年期を過ごしました。そんな自分が映画監督、そして小説を手掛けるようになるなんて夢にも思いませんでした。人生は何が起こるかわかりません。自分らしくありたい、他人が決めたレールにそのまま乗っかって後悔したくない、だから、他人と違ってもいいので自分の意志で人生を進んでいこうと決めたのが十九歳の時。そこからいろいろな出会いや試練、挑戦、別れ、学びそして感謝を繰り返し、今の自分がいます。こうして読者の皆様とこの本を通じてお会いできたのも一つの奇跡だと感じます。
「奇跡は起きるものではなく起こすもの。——それは小さな努力の積み重ねで起こす」。
小説の中に散りばめたセリフは私が大切にしてきたマインドの数々です。小説の中のメッセージが、みなさんの人生を輝かせていくエッセンスとなったら、これ以上幸せなことはありません。

Give Life to Your Story!——物語を動かそう!

いま、ここから。

令和三年六月

古新　舜

■著者略歴

古新　舜（こにい　しゅん）

映画監督・ストーリーエバンジェリスト。早稲田大学大学院国際情報通信研究科修了、デジタルハリウッド大学大学院デジタルコンテンツ研究科修了。コスモボックス株式会社代表取締役。デジタルハリウッド大学非常勤講師。北陸先端科学技術大学院大学先端科学技術研究科博士後期課程。

「Give Life to Your Story!─物語を動かそう！─」をテーマに、映画と教育の融合を通じて、大人と子どもの自己受容感を共に育んでいく共育活動を行なっている。

主な作品は、犬猫の殺処分問題をテーマにした『ノー・ヴォイス』、心を無くした女子高生とロボットとの交流を描いた『あまのがわ』。社会課題をテーマに劇場公開映画を制作し続け、パーキンソン病をテーマにした『いまダンスをするのは誰だ？』(2022年公開予定)を準備中。映画制作のみならず、競争社会から共創社会の実現を目指し教育や研究活動を続け、個のあり方と共同体感覚の大切さをクリエイティブの視点から発信し続けている。

■対談者略歴

吉藤オリィ（よしふじ　おりぃ）

1987年奈良県生まれ。早稲田大学創造理工学部卒。株式会社オリィ研究所代表取締役 CEO。デジタルハリウッド大学大学院特任教授。

小学５年～中学３年まで不登校を経験。高校時代に電動車椅子の新機構の発明を行い、国内最大の科学コンテスト JSEC にて文部科学大臣賞、世界最大の科学コンテスト Intel ISEF にて Grand Award 3rd を受賞。大学にて 2009 年から孤独解消を目的とした分身ロボットの研究開発を独自のアプローチで取り組み、2012年株式会社オリィ研究所を設立。分身ロボット「OriHime」、ALS 等の患者さん向けの意思伝達装置「OriHime eye+ switch」、全国の車椅子ユーザに利用されている車椅子アプリ「WheeLog!」、寝たきりでも働けるカフェ「分身ロボットカフェ」等を開発。

AERA「日本を突破する100人」、フォーブス誌が選ぶアジアを代表する青年30人「30 Under 30 2016 ASIA」などに選ばれる。主な著作は『「孤独」は消せる。』(サンマーク出版)『サイボーグ時代』(きずな出版)『ミライの武器』(サンクチュアリ出版)など。

あまのがわ

2021年８月７日　第１刷発行

著　者　古新　舜

発行者　川畑善博

発行所　株式会社 ラグーナ出版
〒892-0847 鹿児島市西千石町3-26-3F
電話 099-219-9750　FAX 099-219-9701
URL　https://lagunapublishing.co.jp
e-mail　info@lagunapublishing.co.jp

印刷・製本　シナノ書籍印刷株式会社

定価はカバーに表示しています
落丁・乱丁はお取り替えします

ISBN978-4-910372-09-9 C0093

活字で利用できない方のための
テキストデータ請求券
『あまのがわ』
ラグーナ出版